PETRA M. KLIKOVITS

Vollmondstrand

FERNWEH Eigentlich ist Psychologin Rosa rundum zufrieden mit ihrem Leben. Sie genießt ausgedehnte Reisen mit ihrem finnischen Lebensabschnittspartner, humorvolle Treffen mit ihrer schonungslos-ehrlichen Mädelsrunde, guten Wein, hat ihre Katzen und eine eigene Praxis am See. Wie jedes Jahr verbringt sie ihren Urlaub auf Ibiza, in einem Haus von Freunden. Als sie diesmal mit dem Ferienflieger zurück in ihrer Heimat Österreich landet, stellt sie jedoch alles in Frage. Sie arbeitet seit 17 Jahren in ihrem Beruf und hat es satt sich immer nur um andere zu kümmern. Sollte sie stattdessen nicht endlich Mutter werden, solange dies überhaupt noch möglich ist? Als dann noch ihr geliebtes Ferienhaus auf Ibiza verkauft werden soll, ist die Katastrophe perfekt. Doch Rosa und ihre Freundinnen haben eine Idee …

Petra M. Klikovits, geboren 1966 in Wien, hat das Universitätsstudium der Psychologie sowie zahlreiche Fort- und Weiterbildungen, u.a. in Klinischer Hypnose absolviert. Als freie Autorin hat sie bereits mehrere Artikel, ein Sachbuch und eine Entspannungs-CD veröffentlicht. »Vollmondstrand« ist ihr erster Roman.

PETRA M. KLIKOVITS

Vollmondstrand

Roman

GMEINER *Original*

Ausgewählt von
Claudia Senghaas

Personen und Handlung sind frei erfunden.
Ähnlichkeiten mit lebenden oder toten Personen
sind rein zufällig und nicht beabsichtigt.

Besuchen Sie uns im Internet:
www.gmeiner-verlag.de

Im Ehnried 5, 88605 Meßkirch
Telefon 07575/2095-0
info@gmeiner-verlag.de

1. Auflage 2012

Lektorat: Claudia Senghaas, Kirchardt
Herstellung: Christoph Neubert
Umschlaggestaltung: U.O.R.G. Lutz Eberle, Stuttgart
unter Verwendung eines Fotos von: © kmit – Fotolia.com
und aboutpixel.de / Es Vedra in Colour II © Steffen Wargal
Druck: Bercker Graphischer Betrieb GmbH & Co. KG, Kevelaer
Printed in Germany
ISBN 978-3-8392-1268-4

Für meinen Mann, unsere Kinder
und meine Freundinnen

Always look on the bright side of life

Personen und Handlungen sind frei erfunden. Ähnlichkeiten mit lebenden oder toten Personen sind rein zufällig und nicht beabsichtigt, wenngleich bei Gesellschaftssatiren unvermeidlich.

I

»Önopsychologie – das wär's!« Rosa schwenkte das Weinglas zur Bekräftigung. »Die Leute kommen in die Praxis und erzählen. Du machst Notizen und sagst gegen Ende der Stunde: Also, Frau Meier, in Ihrem Fall empfehle ich eine Flasche Merlot, Jahrgang 2007, aus dem Weingut Heiling in Halbturn. Wenn Sie die Flasche leer haben, rufen Sie mich an wegen eines neuen Termins.«

»Ich halt's nicht aus«, kam von ihrem Gegenüber zurück. Maria kannte ihre Freundin gut genug, ihr so manchen Einfall zuzutrauen. Über die Jahre war schließlich einiges zusammengekommen.

»Stell dir vor, die gehaltvollen Fortbildungen, alle in fruchtbaren Gegenden: dem Burgenland, der Südsteiermark!«, fuhr Rosa beschwingt fort.

»Oder in Napa Valley«, kicherte Maria.

»Ja, das wär's. Für jedes Problem und jeden Einzelnen hätten wir die passende Lösung parat, fix und fertig abgefüllt in Flaschen. Wir müssten die beiden nur zusammenbringen. Du weißt schon, allein die Menge macht's!« Rosa hob dozierend den Zeigefinger, sie war in ihrem Element.

Seit Sonnenuntergang saßen die beiden Frauen auf Lederhockern an der Bar ihrer Lieblingsvinothek. Beide waren Anfang 40. Rosa trug ein dunkles Wickelkleid, das ihre weiblichen Formen gekonnt unterstrich, Maria betonte ihre burschikose Seite mit Jeans und Ringelpulli. Auch in der Art, wie sie das Haar trugen, zeigten sie keinerlei Gemeinsamkeiten: langes, dunkles Haar auf der einen und kurzes, rotes auf der anderen Seite. Im Geiste ähnelten die beiden einander mehr als im Äußeren. Was sie schon alles zusammen erlebt hatten – doch das war nichts gegen das, was ihnen nun ins Haus stand!

Die Menge, ja, die macht's wirklich, dachte Rosa, als sie am nächsten Morgen schwungvoll aus dem Bett hüpfen wollte. Die Sonne blinzelte ins Obergeschoss der modern ausgestatteten Villa am Ortsrand und machte sie so ein wenig behaglicher.

Oder waren es vielleicht die drei italienischen Zigaretten, die sie und Maria zu später Stunde noch tief inhaliert hatten, so gaaanz genussvoll, dämmerte es ihr. Als Abschluss des Urlaubs und zur weichen Landung. Als könnte es so etwas überhaupt geben … Bei *allen* Urlaubern schien die Heimkehr irgendwie zu klappen, nur bei Rosa nicht, und schon gar nicht dieses Mal.

Vorgestern noch am Vollmondstrand und heute in der Praxis am See.

Es hätte aber noch schlimmer kommen können,

dachte sie und wollte sich damit selbst trösten, zum Beispiel Wien-Simmering. Ich kann heute in der Mittagspause mit dem Rad zur Mole fahren, der Waldi macht mir einen Salat mit Rindfleischstreifen, und ich kann übers Wasser schauen. Vielleicht wird's ja doch noch eine sanfte Landung. Auf irgendetwas zu Hause hatte sich Rosa immer freuen können: auf die Katzen, ihre Freundinnen oder einfach auf das Vogelgezwitscher und den Duft, wenn sie morgens das Fenster öffnete.

Zwei Stunden später hatte Rosa eine aufgebrachte Putzhilfe beruhigt, die tote Taube vor der Eingangstür selbst entsorgt und gleichzeitig die ersten Schwangeren begrüßt. Morgenduft hin oder her, die Patientinnen standen um neun Uhr vor der Tür. Es hatte definitiv Vor- und Nachteile, die Praxis im Wohnhaus zu führen. Frühstück fiel heute aus.

Dafür stand Geburtsvorbereitung auf dem Plan. Schwangere Frauen erschienen in rosa Ballerinas oder derben Schnürschuhen. So war es immer schon gewesen.

Rosa liebte es, in ihrem ockerfarbenen Entspannungsraum die Frauen dorthin zu bringen, wo ihre Welt noch in Ordnung war. Bei abgedunkeltem Licht und Wildrosenduft zu beobachten, wie versteckte, kleine Ärmchen ruhiger boxten, um irgendwann ganz stillzuhalten, gefiel ihr besonders.

So lagen die Mütter auch heute, angeschlossen an ihre eigenen Kraftquellen, auf der Matte und bemerkten die feuchten Augen der Psychologin nicht.

Kinder, dachte Rosa, ich hätte nie gedacht, dass ich das verstehen könnte, diesen Wunsch, diese Liebe zu den zarten Wesen! Bisher war Kinder-Haben immer nur ›nett‹ gewesen. Und wie bei einem Mann, der nur ›nett‹ war, hatte auch diese Liebe keine Früchte getragen: Rosa und Kinder. Vielleicht hatte sie zu viele Mütter erlebt, die ihre eigenen Knitterfalten am Nachwuchs auszubügeln versuchten? Musste sie diesen Umweg deshalb nicht ansteuern, weil sie selbst etwas aus ihrem Leben gemacht hatte – oder war sie schlicht zu feig?

Rosa hatte keine Kinder. Rosa hatte Marti. Marti maß einen Meter und 90, aber innen drinnen brauchte er viel Verständnis. Es fiel ihr schwer, sich das einzugestehen, aber er brauchte auch so etwas wie Mutterliebe. Das war schon in Ordnung gewesen. Bis jetzt.

Marti war Rosas ›LAP‹. Wenn er seine Sache als Lebensabschnittspartner außerordentlich gut machte, wäre er dann mein TopLAP oder mein LAPtop? Egal, das stand nicht zur Debatte, nicht in diesem Augenblick.

Das Leben mit Marti war nicht wirklich aufregend, aber turbulent genug, um sich über existenzielle Fragen hinwegzuschwindeln, wie: Ist es das, was ich will? Soll es immer so weitergehen? Aus ihrer Praxis wusste Rosa, dass es immer einen Grund gab, warum eine Frau gerade bei diesem einen Mann gelandet war: Sie hatte ihn verdient. Oder zumindest glaubte sie tief drinnen, ihn verdient zu haben!

In ihrer Freundinnenrunde waren die buntesten Spielarten an Beziehungen zu beobachten. Da war Maria, die seit 19 Jahren allein mit ihrem Sohn lebte und beteuerte, sie bekäme in der Minute die Krätze, sollte sie je aufwachen und der Mann in ihrem Bett würde sagen: »Ich liebe dich«. Oder Mona, die seit sieben Jahren in Scheidung Befindliche. Oder Elli, die zu gut war für die Männerwelt – und das selbiger in regelmäßigen Abschnitten kundtat. Oder Jana, die ihre erste Liebe mit knapp 18 geheiratet hatte. Oder Bibi, die Unabhängige, die nicht so genau wissen wollte, was ihr Liebster trieb, wenn sie ihn einmal nicht am Hals hatte.

Das Thema Kinder wurde in dieser Runde bestenfalls gestreift oder tauchte in eigenen Rückblenden auf. Alle sechs kannten einander schon seit dem Kindergarten. Rosa hatte keine schwerwiegenden Beziehungsthemen einbringen müssen, seit sie mit

Marti zusammen war, und das war schon eine lange Zeit!

Für Rosa war alles glattgegangen, ja, sie war ganz zufrieden gewesen mit ihrem Leben – bis zu diesem Urlaub. Davor gab es keinerlei Anzeichen.

Am letzten Abend schoben sich schwarze Wolken vor den strahlend roten Sonnenuntergang und Rosas ausgewogenen Seelenfrieden. In stetem Tempo kroch das Schwarz immer näher. Der Wind hatte aufgefrischt am Vollmondstrand und mit ihm kam die Gewissheit, dass etwas fehlte. Nur – was? Noch ein paar Wochen Urlaub? Ein Tänzchen? Mehr Freiheit? Oder doch ein Kind?

Oh Gott, wie unpassend hatte sie es empfunden, als der Mann ihres Vertrauens begonnen hatte, ihr zärtlich eine Haarsträhne aus dem heißen Gesicht zu streichen. Wieso jetzt, wieso hier? Und überhaupt – ich will nicht! Nein, es passt doch alles, wie es ist, hatte sie versucht, sich selbst zu beschwichtigen.

Der Mann an ihrer Seite hatte sie angesehen, wie sie, sonnengebräunt und in einem Hängerkleidchen, vor ihm saß, die langen, dunklen Haare vom Wind zerzaust. »Fahren wir noch wohin? Ins Sansara oder ins km5?« Mit diesen Worten hatte er die beklemmende Stille durchbrochen.

Marti hatte geahnt, dass Rosa der verträumten Hippiehütte den Vorzug geben würde. Obwohl sie das andere Lokal mochte, befürchtete sie, zur Stunde könnten glücklich aussehende Familien mit blondgelockten Kindern dort dinieren. Das wäre zu viel *happy family*!

War es so einfach, hier ein gutes Leben zu führen? Meer und Sonne allein konnten es nicht ausmachen. Das gab es schließlich auch woanders. War es diese Mischung aus Fröhlichkeit, Alt-Hippietum und bodenständiger Gelassenheit, die ihr auf der Insel so gut gefiel? Ihr das Gefühl gab, hier wäre alles möglich?

Wenn sie Marti an jenem Abend betrachtet hatte, sah sie einen Mann, nicht mehr ganz jung, aber noch immer in Jeans, gestreiftem Leinenhemd und Sandalen, die langen, blonden Haare wie beiläufig zusammengebunden. Das Lederband samt Bergkristallanhänger, das sie ihm am Samstagsmarkt gekauft hatte, ließen ihn zum Anbeißen unkonventionell wirken. Ganz anders als zu Hause, wo er morgens im Anzug das Haus verließ. Das hatte sie bisher nie gestört. Das passte auch dorthin, in das Haus am See, frisch gestrichen, mit Fliegengittern und Alarmanlage.

Aber, Rosa seufzte bei diesem Gedanken, wenn sie auf der Insel eine Mutter mit ihrem Kind beobachtet hatte, waren ihr Lachen, Kosen und Natürlichkeit in den Sinn gekommen; zu Hause eher die Kindersitz-Montage auf der Autorückbank.

Nun also war Rosa wieder daheim, nur dass es sich diesmal nicht wie daheim anfühlte …

2

Das Telefon klingelte, Anastasia war dran. Ein Notfall, wieder einmal. Wenigstens war es schon Morgen. Rosa rieb sich die Augen. Es war acht Uhr.

»Hallo, Anastasia, ja, ein bisschen Zeit hab ich. Was gibt's? Er hat sich nicht gemeldet …, na ja.« Rosa atmete tief ein und schaltete den Computer ab. Das würde wieder länger dauern. Anastasia war ein unverbesserlicher Fall. Rosa und sie kannten einander seit der Studienzeit, in der Anastasia die Rolle einer geachteten Rotweinachteltrinkerin im Cafe Europa innehatte. Das zumindest hatte sich geändert. Aber was kam stattdessen? Seelenstriptease und Aussagen wie: ›Das macht Sinn, das passt so für mich, und wie geht's dir damit?‹

»Mensch, Rosa, ich versteh das nicht.« Ihre Stimme klang dünn und beunruhigt. »Zuerst macht er sich an mich ran, bringt mir einen Bagel mit, und dann ignoriert er mich wieder!«

»Was habt ihr gestern noch gemacht?« Rosa kannte die ganze Geschichte. Nicht, dass sie diese unbedingt hören wollte, Anastasia hatte ihr ungefragt sämtliche Details quasi ›umgehängt‹.

»Nichts. Über seine Ausbildung zum Obertherapeuten und über seine unglückliche Ehe geredet, das war alles. Er wird jetzt befördert und, weißt du, das mit seiner Frau existiert nur auf dem Papier. Sie lieben sich nicht mehr.«

»Aha, na ja.« Immer dieselbe Geschichte, dachte sie. Konnten sich Männer nicht einmal etwas Neues ausdenken? Laut blies sie die Luft aus den Wangen.

»Es ist immer dasselbe. Ich verstehe es nicht. Wieso ist das so, Rosa? Er klettert genauso gern wie ich im Gesäuse. Das heißt doch was!« Anastasias Stimme überschlug sich beinahe.

»Ja, meine Liebe, das heißt, dass er auch gern klettert. Sonst nichts.« Rosa spürte den Boden unter ihren Füßen wieder.

»Mensch, was ist denn mit dir los? Du willst mich nicht verstehen. Hast du Stress?« Auch Anastasia schien gelandet zu sein.

»Nein. Aber ich muss jetzt los.«

Das ›Du bist ja ärger als meine Patienten‹ verkniff sich Rosa. Sonst wäre die Situation wirklich stressig geworden. Und sie mochte Anastasia ja auch. Sie hatten schon so viel zusammen erlebt. Da gab es immer wieder Durststrecken, wer kannte die nicht?

Aber, warum, um aller Himmel willen, gaben manche Kollegen und -innen ihren Hausverstand am Eingang ihrer eigenen Haustür ab?

Sie dachte daran, wie oft sie Anastasia ein simples ›Er steht einfach nicht auf dich‹ als Zusammenfassung all ihrer verirrten Möchtegern-Amouren an den Kopf schleudern wollte, als kleinstes gemeinsames Vielfaches sozusagen.

Letztes Jahr war ein Kinofilm mit diesem Titel gelaufen, den sie zusammen hätten anschauen können. Leider hatte Anastasia nie Zeit gehabt oder Rosa nie den Mut, sie zu fragen. Wer weiß.

Rosa legte das Telefon zur Seite und holte den Einkaufskorb. Nach jeder Reise ergab sich zwangsläufig dieser Neustart zu Hause: Leere im Kühlschrank. Auf der einen Seite konnte er mit kulinarischen Reisemitbringseln befüllt werden und auf der anderen mit bevorzugten Esswaren von daheim. Auf jeden Fall empfahl sich eine Flasche Wein, gleichsam als Übergang von der alten Ordnung zur neuen. Manchmal war die neue Ordnung zu Hause und manchmal lag sie Tausende Kilometer weit weg. Rosa hatte das Gefühl, als wäre sie diesmal neben dem Jamón Ibérico in der Ferne geblieben.

Rosa ging gern einkaufen. Ein nur halbvoller Kühlschrank konnte ihre Lebenslust kaum ankurbeln. Voll musste er sein, schließlich war nicht abzuschätzen, wonach es sie zu späterer Stunde gelüsten würde.

Am liebsten stöberte sie an Orten, wo sie niemand kannte, und ganz ohne Zeitdruck.

Am Reisekoffer im Eingangsbereich lief sie achtlos vorbei. Koffer standen in ihrem Haus lang herum, besonders nach der Ankunft. Als müssten sie den weiten Weg zurück nach Hause nicht fliegen, sondern rollen, um endlich ankommen zu können.

3

»Grüß Sie, Frau Doktor, gut, dass Sie wieder da sind!«, Rosa war gerade dabei, ihren Einkaufswagen von der Gemüseabteilung zum Käseregal zu navigieren, als eine grell geschminkte ältere Dame sie auf Höhe der Milchprodukte ansprach. »Ich hab schon zu meinem Mann gesagt, Gustav, ruf nicht an bei der Frau Doktor, die braucht auch ihre Ferien, aber jetzt, wo Sie wieder da sind … kann ich heute Nachmittag kommen?« Und nach einer kleinen Pause setzte sie nach: »Weil, mir geht's ganz schlecht!«

Der Gesichtsausdruck der Frau erhellte sich für einen Moment, als Rosa ihr die Zeit nannte, wann sie später anrufen konnte. »Ich habe keinen Kalender bei mir, leider!« Mit dieser Erklärung war die Dame vorerst zufrieden und Rosa befreit. Käse mochte sie nun keinen mehr. ›Leider‹ war nicht ganz richtig, dachte sie mit dem Anflug eines Grinsens, es war schon eher weise Voraussicht!

Zum Milchregal, nein, da wollte sie jetzt nicht hin, davor stand schon wieder eine Patientin. Und diese kannte keine Zurückhaltung. Rosa machte kehrt und packte noch zwei Liter Haltbarmilch ein, dazu zwei Riesenpackungen Taschentücher. Die waren im

Angebot und gingen nicht nur in diesem Geschäft weg wie die warmen Semmeln. Auch in der Praxis war der Verschleiß einer Familienpackung in 14 Tagen keine Seltenheit. Noch schnell zur Kasse und schon war sie wieder draußen. An der Tür fiel ihr ein: Sie hatte natürlich wieder etwas vergessen. Aber jetzt noch mal zurückgehen? Dazu hatte sie keine Lust. Sie würde am Nachhauseweg noch rasch in ein anderes Geschäft schauen. Vielleicht war die Dichte an Patientinnen dort weniger hoch. Den Korb auf dem Arm, trabte sie los.

Wie betriebsam hier alles war, Autos, Menschen ..., und das am Vormittag! Jeder schien schnellstens irgendwohin zu müssen, dabei waren sie draußen am Land und es war Sommer.

»Ich spiel' heute im Club. Kommst du?« Chris, ein jüngerer Freund Martis, schaute Rosa erwartungsvoll an. Gerade waren sie sich am Hauptplatz über den Weg gelaufen. Er war unterwegs zur Bank, und Rosa, um Katzenfutter zu besorgen.

»Wir spielen das ganze Programm, du weißt schon. Alles, was du so magst.« Chris war in seinem Element, er unterhielt sich gerne mit dem weiblichen Geschlecht, das verriet die Art, wie er mit seinen Händen und den Augen sprach.

Na, das ist ja ein Angebot, dachte Rosa. »Auch ›Let your soul be your pilot‹?«

»Sicher, aber wie immer zum Schluss. Marti kommt auch, hat er gesagt, wenn es ihm ausgeht.«

»Ja, der Herr Architekt.« Rosa wiegte den Kopf und fuhr fort: »Ich für meinen Teil schaue, was sich machen lässt. Bis heut Abend, hoffentlich!« Chris hauchte ihr zum Abschied charmant ein Luftbussi ins Haar, das konnte er gut. Groß war er nicht, schön war er nicht, aber er verströmte das gewisse Etwas, das ihn bei den meisten Frauen beliebt machte. Bei Bibi zum Beispiel. Sie hatte ein Faible für Typen wie Chris. Sie, die immer gut gelaunte, perfekt gestylte Frau mit der Cleopatra-Frisur, wusste einen Flirt mit einem jungen Musiker zu schätzen. Bei Rosa war das anders. Sie mochte die Musik der Jungs.

Vielleicht verpasse ich da ja etwas, dachte sie, und ihre Stirn legte sich für einen Moment in Falten …

Marti verbrachte die meiste Zeit mit Arbeiten, das wusste sie. Kalkulationen aufstellen, Bauansuchen einreichen, Pläne reinzeichnen. Alles Arbeiten, die man hinterher sehen konnte. Dafür beneidete Rosa ihn.

In ihrer Welt war nichts so einfach wie in Martis Welt. War ›Ge-brauch‹ jetzt der Gegensatz zu ›Miss-brauch‹? Schon bei der Frage, worüber man eigentlich sprechen wollte, fing es an, kompliziert zu werden. Ein Haus dagegen stand fest oder stürzte ein. Das konnte jeder sehen, darüber ließ sich nicht diskutieren. Marti verstand Rosas Gedanken nicht. In seinen Augen hatte sie den perfekten Job, konnte alle Termine selbst einteilen, musste sich weder mit Subfirmen herumärgern noch mit der Konkurrenz abmühen. Jeden Tag hörte sie neue, interessante Geschichten und wurde von ihren Klienten in den Himmel gehoben.

»Ich finde, du hast einen perversen Beruf, Rosa«, hatte ihr ihre Nichte Lina einmal anvertraut. Komisch, dachte sie, früher hat mich das nicht gestört. Nach 17 Jahren Therapie sehnte sie sich manchmal danach, etwas mit den Händen zu gestalten und hinterher ansehen zu können.

Die Eibel, eine Frau, bei der Rosa in regelmäßigen Abständen ihren Seelenmüll entsorgte, hatte auch dafür, wie für alles, eine Erklärung. Wieder etwas, das es noch aufzuarbeiten gab, ein weiterer weißer Fleck in der Rosa'schen Erkenntnislandschaft. ›*Als Kind zu wenig mit Plastilin gespielt, vielleicht?*‹, klang es noch nach in ihrem Ohr.

Und, was bringt mir das jetzt, hatte sie damals gedacht. Rosa wollte keine Erklärung und auch keine Deutung für ihre Sehnsucht. Sie wollte die Dinge einfach so stehen lassen, wie sie waren. Ja, sie forderte das Recht, nicht analysiert zu werden.

Manchmal wollte sie lediglich ein ganz normales Leben.

4

Ein weiterer müder Tag in der Praxis. Sprechstundenzeit. Rosa nahm den Hörer ab: »Guten Tag, Praxis Dr. Talbot.«

»Einen wunderschönen guten Morgen! Ich bin Selbsterfahrungsexpertin mit Schwerpunkt ›Begeisterung für das eigene Leben‹«, flötete eine Stimme aus dem Hörer.

»Knolli, bist du das?« Rosa klang verwirrt. Was hatte das zu bedeuten?

»Bitte, ich heiße jetzt Valeria Knoll und bin Lebenstrainerin, aber, ja, Rosa, wir kennen uns von früher.«

»Ich habe mir gleich gedacht, die Stimme kenne ich doch! Wie geht's dir denn?« Rosa klang jetzt definitiv verwundert.

»Du, ich hab so urviel zu tun, alle wollen contracten.«

»Aha, und was ist mit deinem Kosmetiksalon? Da hattest du doch interessante Angebote wie ›Schlaf dich schlank‹ …, ›Knackfrisch mit 50‹ …, ›Traumschön über Nacht‹, die würden langsam interessant werden.«

»Das ist lange vorbei! Weißt du, das Coachen ist jetzt echt meins. Das mache ich zusammen mit meiner Schwiegermutter.« Die Stimme am Telefon geriet geradezu ins Singen.

»Verstehst du dich jetzt mit ihr?« Rosas Stimme blieb in der Zwischenzeit am Boden. Eine musste das ja tun.

»Wir sind die besten Freundinnen! Wir haben eine Praxis im Ersten.«

»Ach, wo?«

»Gleich über dem Donaukanal!«

Rosa hielt kurz inne. »Du meinst, im Zweiten?«

»Das klingt halt nicht so gut, es ist ja – quasi in der Innenstadt, deshalb nennen wir das so!«

»Aha.«

»Und du, hast du noch deine Praxis?« Knolli drang zum Grund ihres Anrufs vor.

»Ja, genau.«

»Und wie läuft's so?«

»Gut.«

»Woher kommen die Leute, wer schickt sie dir?«

»Das geht mittlerweile über Mundpropaganda. In 17 Jahren spricht es sich herum, wenn es jemandem etwas gebracht hat.«

»Dann könntest du mir vielleicht mal jemanden schicken?«

Na, hoffentlich macht sie keine Rückführungen, dachte Rosa, als sie nach dem Telefonat Tee aufsetzte. Die landen sonst völlig verstört bei mir. So wie einst diese Klientin, die nicht abzubringen war von ihrem Wunsch, zu erfahren, warum sie so gerne Popcorn aß.

Eine Frau mittleren Alters war ihr damals gegenübergesessen, adrett gekleidet und auf den ersten Blick unscheinbar. Nach der Rückführung war sie erneut in die Praxis gekommen. Unruhig war sie inzwischen geworden und die Haare klebten in feuchten Strähnen am Kopf. Während ihrer Erzählung war sie Rosas Blick ausgewichen.

»Also, ich weiß es jetzt! Ich bin in meinem früheren Leben ausgewandert nach Amerika; 1932 mit dem Schiff von Hamburg aus. Auf der Bahnfahrt dorthin haben sie mir mein Portemonnaie gestohlen. Na, was glauben Sie, ich bin auf der Reeperbahn gelandet, um das Geld für die Überfahrt zu verdienen. Ich sag's Ihnen, das alles zu spüren in der Rückführung, wie die betrunkenen Matrosen über mich hergefallen sind, pfui, das war wirklich schrecklich! Als ich endlich alles für die unterste Schiffsetage zusammenhatte, war ich froh, dort wegzukommen. Nur, ich war schwanger, das habe ich aber erst am Schiff bemerkt. Was soll ich Ihnen sagen? Das Schiff hat die ganze Zeit geschaukelt, mir war die ganze Zeit zum Speiben. Der einzige Lichtblick, als ich in New York an Land gegangen bin, waren ein paar Körndln Popcorn, die mir jemand aus Mitleid in die Hand gedrückt hat. Und wenig später bin ich bei der Geburt von Zwillingen gestorben. Das alles zu spüren, ich sag's Ihnen! Seither mach ich nachts kein Auge mehr zu.«

Sie hatte während ihrer Erzählung unablässig an den Augen gewischt, sodass diese hummerrot zu leuchten begonnen hatten.

»Und, war's das wert? Ich meine, gekommen sind Sie ja, um sich das Rauchen abzugewöhnen …«, hatte Rosa damals vorsichtig nachgehakt.

»Ja, aber wenigstens weiß ich jetzt, warum ich nur Popcorn mag und keine Chips!«

5

Rosa beschloss, den Abend nicht allein zu verbringen. ›Nach dem ewigen Kümmern um andere hab ich schließlich ein bisschen Spaß verdient‹, war ihr Motto. Sie startete den Wagen und fuhr los. Da erklang ein rhythmisches Piepen.

›Er meldet sich nicht! Ich halt das nicht aus!‹, las Rosa auf dem Display ihres Handys, als sie den Weg zum Club einschlug.

»Anastasia, oh Gott«, entschlüpfte es ihr. Nicht jetzt! Es ist doch schon alles gesagt. Alles, was sie zu hören bereit war.

Sie lenkte ihren Mini schärfer um die Kurve, als sie vorgehabt hatte. Das kleine Gefährt verträgt aber auch keine Spontaneität, dachte sie grimmig. Vielleicht sollte ich doch auf etwas Größeres umsteigen, auf ein richtiges Auto, wie Saab-Fahrer Marti es zu nennen pflegte. Aber halt, wo war ich? Anastasia, richtig. Ich habe versucht, Klartext mit ihr zu reden. Beim letzten Treffen, als sie erzählt hatte, der gegenwärtige PWW (Prinz-wider-Willen) brauche lediglich Zeit.

»Er liebt mich, ich spür das, die Art, wie er mich ansieht und so.« Anastasia hatte ihr dünnes, brünettes Haar nach hinten geworfen. Die fein gezeichneten Lippen leicht geschürzt und ihre Augen auf einen Punkt jenseits des Horizonts gerichtet.

»Das spürt man einfach. Einmal hat er mich gefragt, ob ich mich noch mit meinem Ex treffe. Das hätte er nicht getan, wenn er nichts von mir wollte!«, hatte sie in den warmen Nachthimmel triumphiert.

Ein angenehmes Abendessen am Donaukanal hätte es werden sollen. Mit einer lieben Freundin. Aber Anastasia hatte sich nicht daran gehalten. Gut, sie war immer schon ein eigener Typ gewesen, sensibel eben. Dieser Umstand hatte ihre Freundschaft auch lebendig gehalten: alles zu bequatschen, zu hinterfragen und über frühere Zeiten zu lachen.

Seit ihren Schwindelanfällen gab es mit Anastasia aber leider nichts mehr zu lachen. Sie verstieg sich in Liebesfantasien, als wollte sie den Großglockner in High Heels besteigen.

»Weißt du, er ist seit Urzeiten schon mit dieser Frau zusammen. Da tut er sich halt schwer mit einer anderen. Das versteh ich. Er will ja – aber er kann nicht.«

Rosa, beschwingt von der lauen Nacht, hatte die Klarheit des Abendhimmels in sich aufgenommen und gekontert: »Na, dann viel Spaß im Bett!«

Schweigen hätte man nun erwartet. Aber Anastasia hatte, scheinbar völlig unbeeindruckt, ihr urwienerischstes »Na geh!« als Gegengift ins Rennen geschickt.

Das war's gewesen. Mehr wollte Anastasia nicht hören als ihre Version von der Liebe. Auf Rosa hatte dieser Umstand eine seltsame Wirkung gehabt. Ganz langsam war sie aufgestanden, hatte die Freundin wortlos in den Arm genommen und unter ihren Händen die mageren Schultern ein wenig zusammensacken gespürt.

Marti hatte Rosa am Tag ihres Kennenlernens in den Arm genommen und seither konnte sie es weitergeben … Ach, Marti!

Sie parkte den Wagen und überprüfte die umstehenden Autos. Lang war das her.

6

»Maria! Schön, dass du auch da bist.« Rosa umhalste ihre liebste Freundin, als hätten sie sich seit Ewigkeiten nicht mehr gesehen. Der Club war voll. Die Musik begann wieder zu spielen, und Maria musste die Stimme erheben, um sich Gehör zu verschaffen: »Hallo, du! Bist du noch fit heute?«

»Jaja, es geht. Die Patienten sind das Wenigste.«

»Ich habe geglaubt, du hast es verlernt im Urlaub, das Zuhören und Einfühlen. Gestern hast du nicht sehr begeistert geklungen. Aber das mit der Önopsychologie – das müssen wir im Auge behalten!«, zwinkerte Maria. »Ich brauch heut ein Achtel vom Kollwentz, auf der Stelle!«

Rosa lachte. »Vielleicht einen ›Tatschler‹? Wie alt darf er denn sein?«

»Ach, das spielt keine Rolle, trinkreif muss er sein!«, antwortete Maria mit einem Grinsen. Ihre leuchtenden Sommersprossen ließen sie zuweilen wie die erwachsene Version von Pippilotta Viktualia erscheinen, fand Rosa. So wie jetzt eben. Für Rosa war es wunderbar, ihre Maria zu kennen, bei der sie so sein konnte, wie sie eben war.

Wortlos swingten sie zur Musik. Das Licht war sanft, die Menschen um sie herum bewegten sich wie in Trance. Chris spielte Keyboard und Rosa spürte langsam eine Wärme im Bauch aufsteigen, die nicht vom Wein kam. Sie dachte: Egal, auch wenn ich noch nicht am Ziel bin, unterwegs sein ist auch schön.

Ihr fiel das letzte Gespräch mit Maria ein, bevor sie auf Urlaub gefahren war. »Habe ich dir schon von der Psycho-Geschichte erzählt, die mir nicht mehr aus dem Kopf geht?« Sie waren am Ufer des Sees gesessen und ließen die Füße vom Steg ins Wasser baumeln. Die Sonne versprühte ein Spektrum von Orangerot bis Flamingorosa, ein ganz normaler Abend vor dem Gelsenansturm.

»Nein, aber du wirst sie mir gleich erzählen«, antwortete Maria.

»Eine alte, gescheite Frau mit demselben Beruf wie ich soll an ihrem Sterbebett verkündet haben: ›Sagt allen, ich habe mich selbst nicht gelebt!‹« Rosa hielt einen Moment lang inne, dann blickte sie der Freundin direkt in die Augen: »Was sagst du dazu?«

»Ach, Rosa«, antwortete Maria, »ich weiß nicht, was ich dazu sagen soll.« Sie kratzte die eingetrockneten Farbreste von ihren Fingern. »Vielleicht wäre ihr das nicht passiert, wenn sie … gemalt hätte? Oder musiziert? Ich habe keine Ahnung!« Während sie zu Ende sprach, blickte Maria in Richtung ihres Handgelenks und sprang auf. »Du, ich muss los! Morgen habe ich Nachtdienst, da weiß ich nicht, ob ich zum Schlafen komme.« Sie war aufgestanden und auf ihr Fahrrad geklettert. »Mach's gut, Süße!«

»Du auch, wie viele Burschen habt ihr zur Zeit in eurer WG?«

»Wir sind voll und ich komme nur daheim zum Malen, aber was soll's. Wenigstens brauch ich mir um die Miete keine Sorgen zu machen.« Schon war sie in die Pedale getreten, noch würde sie kein Licht brauchen, und weg war sie.

Rosa war sitzen geblieben und hatte die Enten beobachtet, wie sie ihre Kreise zogen. Als die Sonne sich verabschiedet und den kleinen Blutsaugern das Feld überlassen hatte, war sie langsam nach Hause getrabt. Ein seltsames Gefühl hatte sich in der Magengrube festgekrallt.

Ging es nur ihr so, dass sie ihren Beruf zuweilen als Einschränkung empfand? Die Gespräche, die sie an einem Tag führte, drehten sich um die tiefschwarzen Seiten des Lebens. Waren all die anderen glückliche Helfer, die mit zuckersüßer Miene stoisch ihre selbstlosen Weisheiten verbreiteten?

Sie konnte nicht benennen, was genau ablief, aber in ihr formierte sich gerade etwas, das anders aussah. So viel stand fest.

Im Club war die Stimmung auf dem Höhepunkt und die Gitarrenriffs rissen Rosa aus ihren Gedanken. ›I don't wanna be anything other than what I've been trying to be lately!‹

Kaum jemand hielt still bei diesem Lied und es gab keinen freien Platz mehr. Rosa kämpfte sich vor zur Toilette. Dort bot sich ein Szenario wie wohl in jeder Bar rund um den Globus, in der einigermaßen was los war: eine Schlange vor dem Frauenklo, keine Schlange vor dem Männerklo.

»Mensch, immer dasselbe«, hörte sie eine Stimme hinter sich. Das Kriechtier schien im Minutentakt zu wachsen.

»Ich wette, dass wir schneller sein können als die Männer, machst du mit?« Eine aufgetakelte Blondine mit lustigen Augen strahlte Rosa an. »Denen zeigen wir's. Wer verliert, zahlt eine Flasche Prosecco, was ist?«

»Wir nehmen die Herausforderung an«, antwortete ein spärlich behaarter Mann Anfang 30.

»Komm, du bist die Nächste! Lass mich nicht hängen. Und los geht's!«

Ehe sich's Rosa versah, befand sie sich mitten im Wettkampf um die Ehre des Schnell-Lullens oder so. Egal, wenn ich was kann, dann flott sein im Bad, dachte sie uneitel und trat durch die ersehnte Tür. Es war auch schon höchste Zeit, wozu also sollte sie trödeln. Händewaschen musste sein. Da werden uns die Männer überholen, dachte sie, als sie die Tür aufriss.

»Ja, gewooonneeen! Eine Flasche Proseeeeecccccooooo für die Damen!«, kreischte die Blondine mit sich überschlagender Stimme. Der Verlierer wollte gerade um die Ecke ziehen, was ihr nicht entgehen sollte. »Hey, das macht man nicht mit Damen! Wettschulden sind Ehrenschulden.«

Eine Viertelstunde später standen sie am Tresen, die Blondine hieß Margit und hatte heute ihren ersten kinder- und mannlosen Abend seit der Geburt ihres Winzlings. In ihrem Windschatten, auch mit einem Glas Prosecco bewaffnet, ihre Busenfreundin Elfi, frisch geschieden.

Der Abend war noch jung, die beiden Damen schon ziemlich angeheitert. Der Jüngling, nervös zwischen ihnen herumblickend, konnte sich nicht entscheiden. Er drehte sich schließlich um und gab Rosa unvermittelt einen Kuss auf den Mund.

»Geht's dir noch gut?«, entfuhr es Rosa. Sie war schlagartig wieder munter.

Die zwei Frauen mit mittlerweile steirischem Akzent starrten sie an, als hätte sie ihnen das beste Stück vom Wühltisch vor der Nase weggeschnappt.

Rosa holte ihre Tasche. Der Gig war aus, und

Marti, wollte der nicht kommen? Beim Gehen hörte sie die Frauen noch zwitschern, von Klorunde und Facebook war die Rede. Schnell raus hier, schoss es Rosa durch den Kopf.

»Gehst du schon?« Chris hatte sich in die Menge geworfen, um die Aahs und Ohhs der Damenwelt einzusammeln.

»Ja, ich muss«, antwortete Rosa, ganz der Wahrheit entsprechend. »Schön war's.«

Er strich ihr übers Haar: »Na dann … schlaf gut.«

Dafür, dass ich einen Marti habe, bin ich ganz schön allein hier, dachte Rosa, als die Tür hinter ihr ins Schloss fiel. Nachdem sie in ihren ungewohnt hohen Absätzen zum Auto gestöckelt war, startete sie den gelben Mini und fuhr die Kurve diesmal betont vorsichtig. Richtig müde war sie noch nicht.

7

Als sie die Eingangstür öffnete, sah sie den Mann ihrer Wahl am Computer sitzen, völlig in Gedanken versunken. Rosa ließ den Blick wandern.

Vor drei Jahren hatten sie begonnen, die Villa umzugestalten, und etliche Wände waren dieser Idee zum Opfer gefallen. Das Wohnzimmer in Beigetönen, der Wintergarten und die Kochtheke, beides in Edelstahl, alles lag in ihrem Blickfeld. Der Boden, durchgängig in dunklem Schiefer, gab der Etage etwas Großzügiges. Abgesehen von Martis Designklassikern, war die Wohnung spärlich möbliert.

Marti mochte das so, er brauchte Platz für seine Ideen.

Rosa hatte das Untergeschoss mit der Praxis für sich. Die Freude an Farben lag dort geradezu in der Luft, an den Wänden hingen Blumenbilder und Teppiche.

Im Dachgeschoss gab es keine Zwischenwände, eine optische Gliederung der Bereiche Schlafen und Baden ließ sich lediglich entlang der Deckenbalken andenken.

In der Wohnecke lehnte Marti in seinem geliebten Eames-Stuhl, den Laptop auf den Oberschenkeln balancierend. Als er die Tür zufallen hörte, sah er auf: »Hallo, Schatz! Na, wie läuft's?«

»Hi, wolltest du nicht in den Club kommen? Chris und die Burschen haben gespielt.« Rosa konnte die Enttäuschung nicht verbergen.

»Sch…, das hab ich total vergessen«, antwortete Marti, »weißt du, ich bin am Überlegen wegen des Spa-Bereichs der neuen Therme. Die Verantwortlichen wünschen jetzt doch einen Hammam. Es gibt aber keine passenden Leuchten bei uns. Was heißt bei uns, in ganz Europa! Ich muss nächste Woche nach Marrakesch. In den Souks der Medina gibt es Handwerker, die arbeiten auf Bestellung … und die sind besser als in Muscat!«

Er strich sich die Haare aus dem Gesicht. »Fahr mit! Wir quartieren uns in einem ehemaligen Königspalast ein und schauen uns die Stadt an; den Platz der Gaukler, den Jardin Majorelle und die Märkte.«

Marti verreiste gern, wann immer er eine Gelegenheit witterte, packte er schon in Gedanken seinen Koffer.

»Weißt du, was zwei Flüge nach Marrakesch kosten?«, antwortete Rosa knapp.

»Nein, aber meine Sekretärin wird's mir gleich ausrechnen. Mist, schon zu spät.« Er legte sein Handy zur Seite, nachdem er die Uhrzeit darauf erkannt hatte. »Jetzt sei doch locker, ist doch egal, was es kostet, Hauptsache, wir haben Spaß und kriegen nebenbei die schönsten Lampen, die ein Mensch fertigen kann!«

Seine Stimme klang begeistert, nur Rosa meinte, einen leicht genervten Unterton herauszuhören. Sie setzte sich aufs Sofa und kramte in ihrer Tasche. Warum mussten alle Taschen innen schwarz sein? Warum erfand nicht jemand eine Tasche mit Solarbetrieb, in der es innen hell wurde, sobald man sie öffnete? Ich fürchte, das wird *mir* bleiben, *das* zu erfinden! Schließlich hielt sie in Händen, was sie gesucht hatte.

»Mit einem Zwischenstopp in Mailand 3.300 Euro, mit zwei Stopps, in Paris und Casablanca, 1.650. Da bist du dann aber elfeinhalb Stunden unterwegs, ist dir das klar?« Rosa blickte vom Display ihres Wundertelefons auf.

»Und, das Hotel ab 400 die Nacht.« In diesem Augenblick registrierte Rosa, dass sie gar nicht verreisen wollte. Die Diskussion um die Kosten hatte also mehr als einen Grund.

War es ihr bisher nicht am liebsten gewesen, einen Koffer nicht weg-, sondern nur umzuräumen?

»Na und, was soll's!« Martis Stimme war hartnäckig und er setzte sein Chef-Gesicht auf. Im Büro mahnte es seine Untergebenen zur Unterwürfigkeit.

Rosa ließ es unberührt: »Ein verlängertes Wochenende, nur Flug und Hotel – da kaufen sich andere einen Kleinwagen davon.«

»Ich kann auch nichts machen. Glaubst du, deswegen flieg' ich nach Istanbul, nur weil es dort billiger ist?«

Ich schon, dachte Rosa. Sie schlich die Stufen eine Ebene höher und verschwand um die Ecke. Das Schnurren der Katzen, die es sich gemütlich eingerichtet hatten, weckte in ihr die Vorfreude auf ein gut angewärmtes Bett.

8

Frühstückszeit. Marti war bereits außer Haus und Rosa beschloss, ihr Kipferl vor dem PC einzunehmen.

›Hi, Süße‹, las sie am Bildschirm. ›Ich hoffe, du denkst an unsere Saunarunde morgen. Wir treffen uns um halb acht bei Bibi.‹

Rosa sah es als Segen, dass sie mit ihrer Freundin Kontakt aufnehmen konnte, wann immer sich ein Zeitfenster auftat. Zum Klären der Frage ›Wann sehen wir uns wieder?‹ war das ideal. Für alles andere gab es das Telefon.

Das nächste Mädelstreffen würde also bei Bibi stattfinden, der Pharma-Managerin on tour. Zusammen mit ihrem Lebenspartner Erol beehrte sie Ärzte, um sich mit neuesten wissenschaftlichen Erkenntnissen und ein paar hübschen Dingen in Erinnerung zu erhalten.

›Hi, Maria. Klar, ich freu mich schon. Was nehmen wir mit? Das Übliche?‹

›Klar, das Übliche. Mona hat ein kleines Geschenk besorgt. Und wir anderen nehmen was zu trinken mit. Ich bin schon gespannt auf deine nougatbraune Ferienhaut und den weißen Hintern dazu.‹

›Der Neid ist ein Köter, was? Island gibt wohl nicht viel her an solchen Reiseandenken!‹, konterte Rosa.

›Geregnet hat es genug. Umsonst ist es nicht so grün dort – das weiß ich jetzt. Doch die Gnome und Elfen, die waren's wert. Hast du gewusst, dass es Verkehrsschilder gibt, so in der Art ›Achtung, lasst die Erdgeister in Ruh!‹ Die Isländer leben eng mit der Natur. Für uns ist das schon ein wenig ungewohnt.‹

›Und was setzt es an Strafe, wenn sich jemand nicht daran hält?‹

›Wahrscheinlich sterben ihm die Blumenzwiebeln im Garten ab. Oder er sticht sich fortan an Rosen. Vielleicht tritt er auch beim Spazieren in ›Hundeglück‹, wer weiß.‹

›Wenn du das durchdenkst, da hältst du dich lieber an die Vorschrift!‹

›Genau. Bei uns sollte Bacchus einschreiten, wenn jemand betrunken Auto fährt, und ihm eine Säufernase verpassen oder Weinreben statt Haaren.‹

›Ja, oder noch besser, er verwandelt ihn in eine Reblaus!‹

›Über die Sexualtäter lass uns dann morgen weiterreden‹, schlug Maria mutig vor.

›Da gibt's ja wohl nicht viel zu diskutieren!‹, antwortete Rosa schnell.

Maria zögerte mit ihrer Antwort. ›Glaubst du, ist so die Idee von Karma entstanden?‹

›Wie meinst du das?‹

›Irgendjemand hat einmal gesagt, schaut euch um, dann werdet ihr die Auswirkungen sehen, von eurem Tun!‹

›Du meinst Buddha? Schon möglich.‹ Sie beendete den Chat und schaltete den Computer aus.

Welche Termine standen an bis morgen? Rosa nahm ihren Kalender zur Hand.

Sie saß im Wohnzimmer gemütlich auf der Couch, frische Blumen standen vor ihr auf dem Tisch: weiße Lilien. Rosa hielt es mit Blumen so wie Marti mit Schokolade: Es sollten immer genug davon im Hause sein. Blumen waren ihre tägliche Seelennahrung. Sie war gewohnt, alles, was die Arbeit betraf, in der Praxis zu erledigen: Termine nachschauen, Anfragen beantworten, selbst für Telefonate scheute sie den Weg einen Stock tiefer nicht. Die Trennung zwischen Beruf und Privat war ihr wichtiger als jede Bequemlichkeit. Sie nahm einen Schluck Tee.

Noch eine halbe Stunde, dann kommt Frau K.. Warum hab ich das gar nicht im Kopf heute?, fragte sie sich überrascht.

Frau K. war eine entzückende Person, ein wenig wie aus einem anderen Jahrhundert.

Hätte sie zur Zeit Sisis gelebt, sie hätte bestimmt ihr Glück gefunden. Da dies aber nicht mehr möglich war, brauchte sie jemanden, der ihr die Welt von heute behutsam näherbrachte. Mit staunenden Augen sah sie Rosa manchmal an, als wollte sie sagen: ›Aha, so kann man das auch sehen.‹

Danach würde Frau S. drankommen. Sie war begeisterte Anhängerin diverser esoterischer Richtungen und buchte das Schweigeseminar in Indien genauso wie den Lauf über glühende Kohlen im Hausruck. Hauptsache, sie musste sich nirgendwo wirklich einlassen. Fast wäre sie nicht mehr erschienen, nachdem Rosa ihr erklärt hatte, sie würde bei diesem Ausverkauf nicht mitmachen.

Es folgte Herr P.: Männer kamen oft nur, wenn ihnen etwas wehtat, auf Überweisung des Arztes oder wenn sie andernfalls von ihrer Frau von heute auf morgen verlassen würden. Letzte Weihnachten hätte Rosa eine Männergruppe zum Thema ›Alles, nur nicht allein unterm Baum‹ gründen können.

Würden im Warteraum Pillen ausliegen mit Namen: ›RE-SET‹, die meisten Männer würden sie einwerfen und gar nicht in die Nähe des Praxisraums kommen. Alles sollte ›werden wie früher‹, das war das unausgesprochene Ziel der Behandlungen (mit Ausnahme derer, die wirklich etwas einbrachten). Aber, wer weiß, vielleicht war auch das im Wandel begriffen?

9

Rosa blickte aus dem Fenster in einen grauen Hinterhof. Berufspolitik stand auf dem Programm. Eine Kollegin führte das Wort. Alle anderen schwiegen. »Schade, ewig schade, dass wir's verschlafen haben«, sang sie leise vor sich hin.

Die Trennung von Psychologie und Psychotherapie als zwei gänzlich eigene Berufe, das gab es nur in Österreich und das seit 1992.

»Kannst du dich an den Förster erinnern, den wir am Hypnose-Kongress kennengelernt haben? Ein witziger Typ, so alt wie ich, und im ersten Semester der Therapieausbildung. Wenn ich heute sag, ich mach das auch, muss ich mich hinter ihm anstellen, dabei beschäftige ich mich seit 26 Jahren mit der Materie«, zischte Kollegin Angelika in Rosas linkes Ohr und verdrehte die Augen. »Das kann's doch nicht sein, das ist eine Verschwendung von Ressourcen!«

Rosa antwortete mit betont gleichgültiger Stimme: »Ich hab zu meinem Neffen gesagt: Studier ja nicht Psychologie. Werd gefälligst Förster oder Tankwart, und dann Psychotherapeut.«

Angelika lachte laut auf. In zwei Stunden würden sie wieder bei ihrer Arbeit sitzen.

10

»Servus, Lina, wie geht's dir, mein Kind?«

Das blonde Mädchen, dem Rosas Schwester vor 15 Jahren das Leben geschenkt hatte, drehte sich um.

»Hi, Rosa. Tja, die Mama nervt manchmal, aber sonst passt's.«

Klein war sie für ihr Alter. Die Bezeichnung ›klein, aber oho‹ traf auf sie zu. Ein Wirbelwind mit großen, dunklen Mandelaugen und einem sinnlichen Mund, die langen Haare platinblond gefärbt.

»Gehst du mit mir essen, hast du Zeit?« Rosa wollte sie nicht wieder ziehen lassen.

»Ja, eine Stunde geht. Nachher muss ich jemanden abholen«, antwortete Lina selbstbewusst. Ihr Gegenüber schaute verschwörerisch.

»Nein, nicht was du glaubst. Oder, ja, doch, aber du sagst nichts weiter, alles klar?«

Rosa musste lachen. Lina, so ein Prachtmädel hätte sie sich auch gewünscht! Dieses Kind hätte sie ihrer zart besaiteten Schwester gar nicht zugetraut. Clara war immer so ätherisch gewesen, fast blutleer. Helle Haare, helle Haut und auch sonst war ihre Wirkung schlicht ›blass‹ gewesen. Lina dagegen stand voll im Leben und mitten im Geschehen, sagte klar und deutlich, was sie wollte, und erst recht, wenn sie etwas nicht wollte.

»Wie heißt er?« Rosa kannte ihre Nichte lang genug, um zu wissen, wann sie nachfragen musste.

Derweilen wiegelte diese noch ab: »Später, lass uns zuerst was essen gehen!«

Sie steuerten in Richtung Chinese, wie zumeist. Nachdem das Essen aufgetischt worden war, wurde Lina gesprächig.

»Weißt du, wir haben das gar nicht vorgehabt. Du weißt ja, ich will keine Beziehung, die mich einengt. Ich will meine Freiheit genießen, meine Freundinnen treffen und all das … Da kann ich keinen Buben brauchen, der mir Vorschriften macht. Meine Jugend kann ich nur einmal im Leben erleben, nämlich jetzt«, sprach die 15-Jährige, während sie Huhn Asia auf die Stäbchen türmte.

»Und, was tut sich bei dir?«, fragte sie höflich zurück.

»Nicht so viel. Also los, erzähl du«, erwiderte Rosa.

»Okay, okay. Wir haben uns im Rhetorikkurs kennengelernt. Er ist zwei Jahre älter und nicht so gut in Rhetorik wie ich.« Sie lachte. »Aber er ist sehr gescheit. Er will einmal Politikwissenschaften studieren und Sinologie.«

»Und?«

»Nix und, mit Mama kann ich darüber nicht reden. Die würde mich lediglich zum Frauenarzt schleppen, aber darum geht's gar nicht.«

»Sondern?« Rosa blieb knapp in ihrer Wortwahl, um Linas Redefluss nicht zu stören. *Wenn* junge Leute reden wollten, dann sollte man ihnen gefälligst zuhören.

»Wir lieben uns. Ich kenn ihn schon so gut und wir haben beschlossen, okay, wir probieren es miteinander. Wenn es nicht klappt, bleiben wir trotzdem Freunde. Er ist wie ein Teil von mir, verstehst du?« Sie hielt inne. »Ich könnte ihm nie wehtun.«

»Das klingt nach was Ernstem ...« Rosa war erstaunt.

»Mhhm.« Linas Blick senkte sich. »Deshalb versteht es ja keiner. Die Lulu und die Nena haben entweder so Kindergartenbeziehungen – ›Hey, willst mit mir gehen?‹ – oder sie probieren heute den aus und morgen einen andern. Bei uns ist das anders.«

»Seh ich auch so. Wenn du Lust hast, bring ihn mal mit!« Rosa fühlte sich angenehm gesättigt von ihren Acht Schätzen und dem Gespräch mit Lina.

»Fein. Ich ruf dich an.«

Schon war sie draußen und ließ Rosa mit gebackenen Bananen und einem Gefühl von Stolz zurück.

Worauf eigentlich?, fragte sie sich. Darauf, dass es Lina gibt, dass sie so ist, wie sie ist, dass es solche Jugendliche überhaupt gibt? Und, nach einer kurzen Nachdenkpause: Darauf, dass ich sie ein wenig begleiten darf.

11

»Gehst du heute zu den nackten Frauen?« Der Unterton, den Marti hören ließ, weckte Rosa aus ihren Tagträumen. Sie war gerade dabei, den Geschirrspüler einzuräumen, als sie die Anzüglichkeit in Martis Stimme bemerkte.

»Was meinst du?«, fragte sie betont ahnungslos.

»Na, saunieren, heute ist Donnerstag.«

Marti hielt kurz inne. »Weil, ich geh heute mit meinem Sax aus. Die Burschen haben mich eingeladen zur Probe.«

»Ja, gut. Dann passt's ja wohl«, hörte sich Rosa sagen. Hatte sie sich verhört mit dem Timbre?

Marti kam auf sie zu und nahm sie in die Arme. »Hey, ich brauch dich so. Ich weiß, ich hab jetzt wenig Zeit, aber du fehlst mir. Wenn das Projekt fertig ist, wird alles besser.« Er drückte sie sanft an sich. »Dann machen wir eine Weltreise. Was hältst du davon?«

Rosa lächelte zaghaft zurück.

»Wenn du mit dem Projekt fertig bist, dann müssen wir deine Mutter in Finnland besuchen. Und die kleinen Nichten und Neffen, die wir noch nicht gesehen haben.«

»Nein, das machen wir nicht. Kleine Kinder machen wir bis dahin selbst!«

Mit einem sanften Ruck und ohne zu zögern, hob er Rosa hoch und trug sie zum Sofa.

»Ich habe nicht viel Zeit«, flüsterte sie ihm ins Ohr.

»Macht nichts. Nackt bist du dann schon mal …!«

Die Tür zu Bibis Vorgarten war nur angelehnt, so konnte Rosa im Dunkeln hindurchhuschen. Aus dem Gartenhaus drang ausgelassenes Gelächter wie bei einer Party. Rosa sah im Schein der Laterne auf die Uhr. Es war eine halbe Stunde später als vereinbart. Die Freundinnen haben wohl, so wie ich, einiges aufzuholen an Lebensfreude, dachte sie und öffnete die Tür.

»Grüß euch, alle miteinander.«

»Hi, Süße.«

»Griaß di.«

»Komm gleich rein zu uns. Wir haben 75 Grad!«, erklang es aus der Saunakabine. Rosa beeilte sich, sich ihrer Garderobe zu entledigen.

»Wir reden g'rad von Ellis Verflossenem, dem André. Bibi hat ihn getroffen, am Fuchsthallerhof.« Elli hatte eine Vorliebe für die falschen Männer, das wusste Rosa. Dabei war sie selbst ein unkomplizierter Typ, sportlich, pragmatisch, geradeheraus.

Als Bewegungstherapeutin war sie es gewohnt, die Menschen in ihrer Nähe wieder auf die Beine zu bekommen. Das schien sie auch privat weiterzuführen. Ihre Männer liebten den großen Auftritt, dabei geriet sie leicht ins Hintertreffen.

»Und, Bibi, was war?« Rosa wollte ihr Wissensdefizit so rasch wie möglich aufholen.

»Er hat schon eine Neue und, jetzt halt dich an, sie hat schon einen Babybauch!«

»Das heißt …«, begann Rosa.

»Das heißt«, setzte Elli betont emotionslos fort, »entweder er hat mich schon vorher beschissen oder er kriegt ein Kuckucksei.«

»Na bumm«, entfuhr es Rosa. »Das ging ja schnell.«

»Und, ist sie fesch?«, wollte Elli gefasst wissen.

»Geh, du kennst ja sein Faible für …« Bibi konnte nicht zu Ende sprechen. »*Du* hast ihm gesagt, er soll sich eine Friseuse suchen«, unterbrach Mona die Freundin.

»Aber, dass er das gleich so wörtlich nimmt!«, klinkte Bibi sich wieder ein.

Heiß war es geworden in der kleinen Sauna und es roch nach altem Latschenöl. Rosa, die es ansonsten vorzog zu sitzen, legte sich hin, unten war noch eine Liege frei. Sie waren nur zu viert heute. Elli, die Sportliche, lag oben, neben Bibi. Und unten, neben Rosa, rekelte sich Mona. Sie war immer die

Sexbombe unter ihnen gewesen: mittelgroß, blondgelockt, kurvig. Eine Frau, die wusste, warum sie auf der Welt war: um zu genießen, wozu sonst!

»Was ist mit deiner Scheidung, Moni? Habt ihr euch endlich geeinigt oder gehört die Villa bald dem Herrn Promi-Anwalt?« Rosa wollte es genau wissen. Zumal Mona seit Jahren Klausi als Freund hatte und noch immer nicht geschieden war. Rosa hielt nichts von solch unklaren Verhältnissen. Das war ihr zu anstrengend.

»Nimm mich mit, ich will auch in der Kärntner Straße Champagner trinken, während ich auf den Herrn Advokaten warten muss«, mischte sich Bibi ein.

»Wer hat dir das erzählt, Bibberl? Ich trink in der Kanzlei nicht einmal einen Espresso. Den muss ja doch *ich* bezahlen …, wenn seine Innenstadtassistentin zu Herrn Clooney reist um eine Kapsel!«

»Ist er wenigstens fesch?« Elli interessierte sich mehr für die äußeren Werte.

»Wenn Geld schön macht, vielleicht. Aber kein Mann. Sin cojones!«

»Was sagt sie?«, meldete sich erneut Elli zu Wort (sie hörte schlecht, mochte es aber nicht zugeben).

»Er hat keine Eier«, erklärte Bibi.

»Aber ein Anwalt ohne Eier, das bringt ja nichts!« Elli traute ihren Ohren nicht.

»Du sagst es. Ihm bringt es Kohle, mir nicht. Bis ich endlich beweisen kann, dass ich allein für den Gewinn der Werbeagentur verantwortlich bin, schaut der Klausi auf mich. Wenn ich den nicht hätte …«

»Der Klausi liebt dich halt«, meinte Rosa, um die Pause zu beenden.

»Ja, aber es ist mir unangenehm. Ich hab mir was geschaffen – die Agentur aufzubauen war schließlich kein Kinderspiel – und dann kommt mein lieber Beinahe-Exmann und behauptet, alles käme von ihm. So eine blöde Situation!« Mona verzog das Gesicht.

»Wir müssen halt lernen«, fasste Elli zusammen, »dass wir uns in schwierigen Situationen auch einmal auf unsere Männer verlassen dürfen.«

»Für unsere Mütter war das selbstverständlich. Und ihre Antwort haben sie uns in der Muttermilch mitgegeben: Kind, mach dich ja nicht so abhängig«, ergänzte Rosa.

»Ach, Mädels, wenn ich euch nicht hätte!« Mona konnte unheimlich charmant sein. »Beim nächsten Mal sind wir aber wieder komplett, oder?«

»Ja, die Maria hat heute Dienst und die Jana muss Enkelkinder hüten.«

»Ach so.« Mona öffnete die Saunatür und verschwand in der Dusche.

»Eins sag ich euch«, zischte Rosa hinter ihr her,

»wenn das mit der Scheidung und dem Haus durch ist, machen wir eine Überraschungsparty, die sie aus den Strümpfen haut!«

»Wir lassen Klausi aus der Torte springen und grillen eine Sau!«, strahlte Elli. Das hatte sie verstanden.

Aufgeheizt sowohl von den Saunatemperaturen als auch den hitzigen Gesprächen, kehrte Rosa zurück in ihr ›Heim‹. Wie das klang, dachte sie. Es war dunkel. Von Marti fehlte jede Spur.

Würde sich das ändern, wenn sie ein Kind hätten – oder saß sie gerade dem Wunschgedanken aller Möchtegern-Mamis auf?

Wirklich wissen würde sie es erst, wenn es so weit wäre.

12

Ein Anruf am Morgen, nein, diesmal war es nicht *sie*, sondern Maria. Angenehmer gestaltete es sich trotzdem nicht.

»Hast du etwas von Anastasia gehört?«

»Ist mir nicht aufgefallen, aber jetzt, wo du's sagst … nein. Du?«

»Eben nicht. Ich mach mir Sorgen. Nicht einmal eine SMS hab ich gekriegt in den letzten 48 Stunden.«

Rosa hasste Aufregungen am Morgen, dabei wurde ihr leicht übel. »Ich auch nicht.«

»Ich ruf sie an.«

»Nein, ich …, nein, du!« Rosa musste sich eingestehen, dass sie erleichtert war. Normalerweise schaltete sie ihr Handy erst ein, wenn sie sich halbwegs fit fühlte. ›Keine Gespräche, bevor ich einen Kaffee getrunken habe‹, war ihr Motto.

Am Anfang ihrer Beziehung mit Marti hatte sie sich deshalb schwergetan mit seiner Art morgens. Marti war nicht grantig, nein. Marti war kein Morgenmuffel, im Gegenteil. Marti öffnete die Augen und schmetterte Liebesarien, sprang aus dem Bett, den Osterspaziergang von Goethe rezitierend, die

Vorhänge im Verstakt öffnend. Marti hatte gute Laune morgens!

Unfassbar, hatte Rosa befunden. Erste Zweifel machten sich breit, ob das was werden konnte mit ihnen.

Rosa hatte in ihren früheren Beziehungen die Stunde null nach dem unvermeidlichen Verlassen des Bettes zur sprach-, ton- und humorlosen Kaffeeaufnahme-Einheit erklärt.

Wer es gewagt hatte, in dieser Zeit seine Stimme zu erheben, hatte keine Wortspende geerntet, sondern lediglich einen verständnislosen Blick. Um diese Zeit waren Worte einfach nicht drin! Und dann das. Ein Mann wie ein Wikinger, mit morgendlichem Frohsinn!

›Mein großer Wickie, lass mich deine Ilvi sein!‹ Irgendwie war ihr diese Geschichte eingefallen. Sie hatte ihn zurück ins Bett gezerrt und zum andächtigen Schweigen gebracht, er hatte zwischendurch Espressi mitgebracht, und die Annäherung konnte ihren Lauf nehmen.

Es war später Nachmittag, als sich Maria erneut meldete. Rosa saß gerade vorm Computer und schrieb Rechnungen. Büroarbeit, einmal musste das auch sein.

»Hallo, Rosa, ich bin's noch mal. Ich hab sie

erreicht.« Die Stimme der Freundin riss sie aus ihren Gedanken.

»Wen hast du erreicht? Ach so, Nasti. Und?«

»Sag nicht Nasti, das mag sie nicht.«

»Ich sag es ja nicht zu ihr. Ich sag es nur zu dir«, korrigierte Rosa. »Wer verwendet schon so einen langen Namen? Und wer ruft ein Kind so? Dass sie nie einen Kosenamen hatte, sagt doch auch was aus, oder? ›Anastasia, hast du heute schon dein Topfi vollgemacht oder brauchst du noch das Windi, Anastasia?‹«

»Jetzt hör doch zu! Ich hab sie erreicht. Sie ist bei ihrer Mutter.« Maria wurde ungehalten.

»Und da kann sie keine SMS schreiben, oder was?«, erwiderte Rosa scharf.

»Da hat sie keine Verbindung, das ist irgendwo im Waldviertel.«

»Ach so. Bleibt sie lange dort?«

»Willst du gar nicht wissen, wie es ihr geht?« Irgendetwas an diesem Gespräch irritierte Maria.

»Bedingt«, antwortete Rosa. »Bedingt. Lass die Männergeschichten weg.«

»Es geht ihr gut.« Maria zog den letzten Satz betont in die Länge. Sie verstand nicht, warum Rosa sich so seltsam benahm.

»Was?« Rosa tat erstaunt.

»Sie sagt, es geht ihr gut.«

»Hat sie Drogen genommen?«

»Nein, sie sitzt mit ihrer Mutter auf der Terrasse, trinkt Kaffee und es geht ihr so weit gut.«

»Also, nur so weit gut«, warf Rosa ein.

»Gut, halt. Jetzt sei nicht so. Man könnte glauben, du magst sie nicht. Was ist los?«

»Sie hat mich verschlissen!« Rosa war selbst erstaunt über ihre Wortwahl, hielt sie aber für angemessen. Sie geriet in Fahrt: »Alles, was ich gesagt habe, war nicht gut. Alles, was ich probiert habe, hat sie ignoriert. Sie wollte nichts ändern, sie hat mich als ihren Mülleimer benutzt.« Nach einer kurzen Atempause ergänzte sie: »Ich sag ihr das, keine Sorge!«

»Nein, bitte nicht, jetzt, wo es ihr doch so einigermaßen gut geht.« Marias Stimme klang flehend.

»Eh klar, dann sind wieder die anderen schuld. Passive Aggression nennt man das, meine Liebe!«

»Ich weiß, aber trotzdem, sie ist halt so arm.«

Rosa konnte sich nicht erinnern, die Neigung, derart vorsichtig zu agieren, jemals an Maria bemerkt zu haben. »So arm ist sie auch nicht. Ist sie ernsthaft krank? Nein. Sie tyrannisiert uns damit. Und, sei ehrlich, sie war immer die Arme. Von Anfang an. Irgendwo war sie immer so: ›Noli me tangere!‹ Da nicht hinschauen und dort nicht, aber Psychotherapeutin, Hauptsache!«

»Na, weißt, Rosi, das war die Zeit, wo nicht alles sauber lief in der Ausbildung«, antwortete Maria, ein wenig gefasster.

»Ich weiß, ich war dabei.«

»Das hast du mir nie erzählt.«

»Da bin ich auch nicht stolz drauf.«

»Auf was?«

»Wir waren beide auf dem Aufnahmeseminar in Salzburg damals, vor 20 Jahren. Sie haben sie genommen, mich nicht – weil ich gesagt hab, dass ich's nicht richtig finde, dass man sich dafür abtatschen lassen muss!«

»War das der Grund, dass du so lange keine Fortbildungen machen wolltest?«

»Na klar, was glaubst du. Ich war damals noch Studentin und hatte eine handfeste Krise. Ich hab mir gesagt: Wenn ich das tun muss, dann werd ich nicht Psychotherapeutin!« Rosa hatte noch nie mit ihrer Freundin über das Thema gesprochen.

»Und Nasti? Was war mit der?«, wollte Maria wissen.

»Die ging das ganze Szenario durch.«

»Und?« Marias Stimme klang alarmiert.

»Was weiß ich, ich mag jetzt nicht mehr. Also, es geht ihr gut«, diesmal zog Rosa das letzte Wort betont in die Länge.

»Wir sollten uns einmal zu dritt zusammensetzen«, schlug Maria vor.

»Von mir aus. Und gut, dass *du* angerufen hast, du bist da weniger involviert als ich. Hab dich lieb.«

»Ja, mach's gut, ich hab dich auch lieb«, antwortete Maria noch.

13

»Schön, dass du noch auf bist, Schatz.« Marti küsste Rosa auf die Stirn, sie strich ihm dabei über das helle Haar. Er schmiegt sich an wie eine hungrige Katze, dachte Rosa. Sie hatte es sich schon vor einer Stunde, samt Katzen und Krimi, im Bett gemütlich eingerichtet und legte jetzt ihr Buch aus der Hand. Marti hatte sich vors Bett gekniet.

»Ich hab auf dich gewartet, weil wir uns gestern nicht mehr gesehen haben«, begann sie. »Wie lief es auf der Probe?«

»Ach, am Anfang war es hart. Ich hab schon lange nicht mehr geübt, du weißt, aber im Lauf des Abends habe ich guten Spaß bekommen.«

Manchmal ließ Marti hören, dass Deutsch nicht seine Muttersprache war, und selbst Rosa war dann überrascht, so sehr hatte sie sich an seine gute Aussprache gewöhnt. Solch kleine ›Daneben-Griffe‹ in der Wortwahl fand sie süß. Es erinnerte sie daran, dass ihr großer Wikinger von weit her ausgezogen war, um sie zu erobern. Ein guter Grund, ihn zärtlich zurückzuküssen.

»Du weißt, wie sehr ich es liebe, wenn du spielst.«

Rosa begann, eine Strähne seines Haares um ihren Zeigefinger zu wickeln.

»Ich habe mir vorgenommen, jeden Tag eine halbe Stunde zu üben. Das ist am Anfang zwar anstrengend, besonders für dich als Zuhörerin, aber es ist wichtig zum Hineinkommen in die Materie, verstehst du?« Marti stand auf und schenkte sich ein Glas Wasser ein.

»Hubi und Klausi haben sich solche Mühe gegeben bei der Songauswahl, es war der Hammer. Die sind nach der Probe noch weggegangen, obwohl der Hubi schon einiges getankt hatte während des Spielens. Mit seiner Anja, das scheint nicht so gut zu laufen, glaub ich. Hast du etwas gehört?«

»Ich hab Anja schon lang nicht mehr gesehen. Ein paar Mal habe ich angerufen, da hat der Kleine ins Telefon geschrien. Von ihr kam nichts zurück. Als eigenständiges Wesen ist die Anja, glaub ich, gar nicht mehr existent.«

»Wie alt ist denn das Kind?«

»Vier müsste der Amadeus jetzt sein. Er kennt mich von Geburt an, aber ignoriert mich völlig. Ich glaub, er redet mit keinem etwas, außer mit seiner Mutter. Stell dir mal vor, der Anja passiert etwas, dabei wollte gerade sie es besonders gut machen!«

›Gut genug ist noch am besten!‹ Ein Lieblingssatz der Eibel kam ihr dazu in den Sinn. Laut dachte sie weiter: »Dass sich der Hubi nicht mehr engagiert, find ich traurig.«

»Wahrscheinlich ist er kaum da, oder wenn er da ist, ist er auch wieder nicht da.« Marti stand auf und rollte sich zu Rosa aufs Bett.

»Wie ernst hast du das gemeint heute, mit den kleinen Finnen?« Rosa blickte ihm geradewegs in die hellen Augen. Eine interessante Kombination würde das geben. Ihre Augen waren nougatbraun, genauso wie ihre Haare, beide waren sie groß, Martis Augen leuchteten in hellem Taubenblau, fast schon kitschig.

Marti fuhr sich durchs Haar, das tat er, wenn er Zeit zum Nachdenken brauchte. »Das fängt immer so romantisch an, mit den Zwergen. Kennst du eine Familie, wo alle zusammen glücklich sind, auch noch nach 20 Jahren?« Er blickte genauso unvermittelt zurück.

»Da fragst du die Falsche«, antwortete Rosa rasch. »Ich bin kein Magnet für glückliche Familien. Die gehen woanders hin. Eisessen oder Radfahren oder auf den Fußballplatz wahrscheinlich. Oder bauen zusammen ein Haus«, sie deutete in seine Richtung, »und gehen dann zu Ikea, haha.«

»Auweh, nein«, antwortete Marti. »Manche Paare lassen sich schon scheiden, bevor es überhaupt ein Kinderzimmer zu tapezieren gibt.«

»Oder wenn sie einziehen, bumst die Frau den Tennislehrer der Tochter und der Mann das junge Au-pair-Mädchen«, ergänzte Rosa.

»Und trotzdem haben all diese Leute zu Beginn das Gefühl, *sie* machen es anders. Sonst wären wir wohl schon ausgestorben!«

Genau, Rosa drehte das Licht ab und schmiegte sich in Martis Armbeuge, so war das wohl. Sollte sie heute Nacht von blonden Kindern in bunten Holzhäusern träumen, die getrockneten Stockfisch aßen und froh waren, dass jeder ein eigenes Bett hatte? Gab es so etwas noch, oder hatte sie zu viel ›Michel aus Lönneberga‹ geschaut. Oder war der gar aus Schweden?

Darüber nachdenkend, musste Rosa wohl eingeschlafen sein.

Sie träumte von Anja. Anja war eine winzige Frühgeburt und lag im Brutkasten. Rosa war im Traum die Mutter und kam das Baby jeden Tag besuchen.

Am darauffolgenden Morgen, sie stand gerade am Waschbecken, fiel es Rosa wieder ein: Anja war in der Tat ein Frühchen gewesen. Sie hatte es einmal beiläufig erwähnt.

›Wenn jeder alles wüsste vom anderen, wie leicht wäre es, zu verstehen und zu verzeihen.‹ Der Ausspruch war nicht von ihr, aber er kam ihr in den Sinn, als sie sich die Zähne putzte.

Das war das Interessante an ihrem Beruf: das Zusammensetzen von Einzelteilen zu einem Ganzen. Das Leben selbst als Puzzlespiel zu betrachten. Und sie war noch immer neugierig …

14

Rosa hatte länger geschlafen und Marti war schon weg, als sie aufstand. Eine seltsame Unruhe überkam sie. Für heute hatte sie irgendwie keinen Plan. So schlich sie im Haus herum und hielt es an keinem Platz lang aus. Nicht im Bad, wo sie die Zehennägel lackieren wollte, nicht in der Küche, wo sich partout kein Hungergefühl einstellen wollte, und auch nicht bei den Katzen am Sofa.

Maria würde heute mit Michi zu den Großeltern fahren und Rosa fühlte sich seltsam – allein. Es war Sonntag! Wenn ich jetzt ein Baby zu versorgen hätte … Halt! Sie unterbrach selbst ihren Gedanken. Ein Kind als Beschäftigungstherapie?

In einem Seminar im letzten Jahr hatte die Vortragende erklärt, Kinder kämen meist aus dem einen oder anderen egoistischen Grunde zustande, um sich selbst ein Denkmal zu setzen, einen Partner an sich zu ketten oder eben die eigene Langeweile zu zerstreuen. Das hieß in Elterndeutsch dann so schön ›dem Leben einen Sinn geben‹. Mutterliebe infrage zu stellen war pfui, genauso ein Tabu wie Helfen als Beruf. Sie musste grinsen. Tabus hatten sie immer schon gereizt.

Sie wollte nicht schon von Beginn an alles falsch

machen mit dem Kinderkriegen. Wenigstens die Absicht sollte rein sein. Aber, was hieß das?

Sie kuschelte sich aufs Sofa und dachte nach. Zärtlichkeit, ja, das war es. Sie wollte ein Kind, um ihm Zärtlichkeit zu geben. Die Katzen schnurrten und zwinkerten dazu.

»Bist du zu Hause, Rosa? Können Jonas und ich kommen?« Es war Linas Stimme am Telefon, die sie zurückholte aus ihren Träumereien.

»Ja, Kind, immer«, antwortete Rosa erfreut. Lina kam, das tat gut an diesem ansonsten nicht gerade freundlichen Herbsttag. Und sie wollte ihren Freund mitbringen. Rosa spürte eine leichte Nervosität aufsteigen. Sollte sie sich vielleicht umziehen, was hieß, sich etwas Ordentliches anzuziehen? Sie entschied sich dagegen.

»Na dann, bis gleich«, kündigte Lina an.

Es verging keine halbe Stunde, Rosa schlurfte inzwischen im Kuschelanzug durch die Wohnung, fütterte die Katzen Bubba Billian und Bubba Lillian und den Computer mit einer CD von Lorenzo Al Dino, nahm einen Schluck frisch gepressten Orangensaft, als es an der Tür klingelte.

»Hallo, das ist Rosa, ich hab dir von ihr erzählt«, und Lina deutete auf Jonas, »Rosa, das ist Jonas.«

»Hallo, ihr zwei. Freut mich, kommt doch rein.«

Es war regnerisch und die beiden kamen nass zur Tür herein. Davor gab Jonas brav die Hand und Lina ein Bussi. Rosa ging voraus ins Wohnzimmer.

»Ich bin gerade beim Frühstücken, wollt ihr auch etwas?«

»Na ja, Hunger hätt' ich«, antwortete Lina. »Was ist mit dir, Jojo?«

Der schlanke, große Bursche schaute ein wenig verhalten aus seinen langen Haaren. »Mmhh«, legte er sich schließlich fest.

Lina wirbelte um ihn herum, brachte Saft und Kipferl und ließ sich sodann genüsslich aufs Sofa gleiten.

»Wir kommen grad von einer Party, voll nix los. Brunchen ist halt doch was für alte Leute. Ich mein, in unserem Alter, wer macht so was schon.«

Rosa nickte verständnisvoll und hatte damit zu tun, sich nicht an ihrem Kipferl zu verschlucken. »Richtig«, bekräftigte sie, nachdem sie sich wieder gefangen hatte, »wart ihr aus gestern?«

»Wir waren im Hörsturz. Kennst das?«, fragte Lina zurück.

»Nein, nicht wirklich«, antwortete Rosa wahrheitsgemäß.

»Geile Hütte!«, war Jonas' Wortspende an die Gastgeberin. Die Stimme war tiefer als erwartet. Vielleicht war er doch schon ein Mann? Viel war ja nicht zu erkennen unter seiner dunklen Haarmatte.

Mein Gott, 15, fuhr es ihr durch den Kopf. Da war ich in einen Schotten verliebt. Die Vorliebe für die nordischen Völker war damals schon da, jaja.

Es war am Schüleraustausch gewesen, in Kingston upon Thames.

Ich weiß noch die Straße, die Hausnummer, die Namen der Gasteltern und seinen mit allen Vornamen, die da waren Jonathan Simon Newman Hudson – und heute vergesse ich, wo die Lesebrille vom Vortag liegt! An damals kann ich mich so gut erinnern, dachte sie. Sie konnte sich nicht entscheiden, ob sie das begeistern oder deprimieren sollte. Sie wählte, wie so oft, das Angenehmere von beiden.

Lina und Jojo, der Name passte zu ihm, er war so lang wie das Spielzeug, bevor es sich wieder aufrollte. Rosa zuckte zusammen bei dieser Assoziation, die zwei kuschelten innig auf dem Sofa und Rosa zog es vor, das zu tun, was von einer coolen Alten erwartet wurde, nämlich sich zurückzuziehen.

Marti, wo war ihr nordischer Ritter? Wahrscheinlich joggte er durch die Weingärten, wie immer sonntags. Zu früh auf, zu gut gelaunt, was sollte man da anderes tun, um überschüssige Energie abzubauen?

Rosa beschloss, sich ein Bad einzulassen. Um noch betont fauler zu sein, als man das im Jogger demonstrieren konnte. Sport, ja – aber alles zu seiner Zeit.

Lina war hier, das hatte sie wieder auf Spur gebracht. Ein bisschen war sie auch ihr Kind, oder?

15

»Jana, du musst nächstes Mal auch in die Sauna kommen. Was war denn?«, fragte Rosa, als sie Jana in Verrenkung sitzen sah. Die dunkelhaarige Frau mit untersetzter Figur und satter Bräune saß ihr im Schneidersitz gegenüber. Es war Montagmorgen und Yoga war angesagt. Am Vormittag gelang es Rosa eher, sich eine Stunde frei zu halten. Auch für Jana war die Zeit günstig. Sie betrieb ein Sonnenstudio, der Ansturm dafür ging erst am Nachmittag los.

»Ach, das Übliche. Meine liebe Tochter hatte ein Date und niemanden für die Kinder. Im Prinzip ihre Sache, aber dann fragt sie die Kleinen: ›Wollt ihr heute bei der Oma bleiben?‹ Obwohl sie weiß, dass ich was vorhabe. Echt fies.«

»Das schaffst du dann nicht …?« Rosa nickte wissend.

»Nein, was können die armen Würmer denn dafür, dass ihre Mutter noch so jung ist.«

Jana hatte Verständnis, denn sie hatte selbst sehr früh Kinder bekommen. Sie hatte mit 18 geheiratet und durfte fortan die fünf Mädels der Freundinnenrunde beim Sich-Ausprobieren, beim Ausziehen ins Studentenheim oder Beziehen der ersten eigenen Bude beobachten. Sie hatte deren Männer kommen (»Muss ich mir den merken?«) und wieder gehen (»Ich hab's gleich gesagt«) sehen. Immer an der Seite ihrer ersten großen Liebe und den eins, zwei, drei Kindern. Hat fast nie gemeckert, sich kaum beklagt.

Janas kamen aus der Mode, fand Rosa. Fast alle ihre Freunde waren geschieden, getrennt oder nicht verheiratet. Niemand hatte mit 40 zwei Kinder, Hund, Haus und Ehepartner. Irgendetwas in dieser Aufzählung war jedem verloren gegangen.

16

Gerade wollte Rosa eine Kleinigkeit zu essen zubereiten, als das Telefon läutete.

»Talbot, ja bitte!«

»Ich hab gewusst, dass du ihn zuerst sehen wirst!«, ertönte es aus der Leitung.

»Wen denn?« Rosa erkannte die Stimme ihrer älteren Schwester und beschloss trotzdem, die Unwissende zu spielen. »Wer ist da, bitte?«

»Na, den Freund von Lina, diesen Jonas. Sie waren doch Sonntag bei dir.«

»Meinst du Jojo?« Rosa ließ den Namen betont vertraut klingen. Es machte ihr Spaß, die Schwester ein wenig zu necken.

»Ja, die waren da. Ist das verboten? Ich bin Linas Patentante. Und außerdem, sei nicht so spießig. Die beiden sind alt genug.« Innerlich begann Rosa, sich zurückzulehnen.

»Alt genug für was? Das musst *du* ja wissen. *Du* hast ja keine Kinder. *Du* bist ja zu bequem dafür.«

Sie hat noch immer diese keifend anklagende Stimme, wenn sie sich aufregt, dachte Rosa. Sie musste sich eine Atempause verschaffen. »Moment, Moment! Zu allererst würde ich vorschlagen: ›Hallo, liebe Schwester, lange nichts von dir gehört.‹ Zeit für so viel Freundlichkeit muss sein!«

»Hallo. Also, was war los?«

Rosa wusste, wie sie ihre Schwester reizen konnte: »Nun«, sie legte eine schöpferische Pause ein. »Die Turteltäubchen läuteten in der Nacht um halb vier, völlig zugedröhnt, ihnen war das Koks ausgegangen, und sie trieben es gleich im Vorzimmer, so laut, dass die Nachbarn die Polizei holten, und jetzt sind sie vorbestraft, aber eh nur wegen Erregung öffentlichen Ärgernisses. Sonst noch Fragen?«

Am anderen Ende war es still geworden.

Ha, nimm das für die Herde Osterhasen, die du mir weggefuttert hast in all den Jahren! Rosa war vergnügt. Dass sie ihre Schwester Clara *so* schnell in die Flucht schlagen würde, hätte sie nicht gedacht! Ein später Triumph.

In diesem Augenblick siegte nicht nur Rosa gegen Clara. Nein, die Helden-Anwärter ihrer bisherigen Leben taten es ihnen gleich und matchten sich ebenso: Es siegte Dirk Stermann gegen Bully Herbig, Keith Jarrett gegen die Wiener Sängerknaben und Little Britain gegen den ganzen Quatsch Comedy Club! Rosa war zufrieden.

Was wollte man mehr?

17

»Du bist so blöd!«

Clara hatte all ihre unverbrauchten Gehirnzellen auf den Plan ›Zurück‹ gebracht. Sie hatte noch alle, da war Rosa ganz sicher. Nie hatte sie Clara betrunken, nicht mal angesäuselt erlebt. Auch nicht headbangend! Alles wurde aufgespart an Gedächtnisleistung, um – ja was? Alles bewahrt, um Vorbild zu sein und Lehrerin. Professorin, da legte sie schon Wert drauf.

Und was hatte sie nun davon? Endlose Vormittage mit immer verhaltensorigineller werdenden Jugendlichen und angestaubten Lehrplänen zwischen den, zugegeben, extralangen Ferien? Für Rosa war diese Form des Bildungsauftrags nicht infrage gekommen, obwohl, um die Sprachreisen hatte sie Clara beneidet! In den Semesterferien hatte sich die Schwester bevorzugt in England und Italien aufhalten dürfen, um an ihrer Ausdrucksweise zu feilen. Auf elterliche Kosten, versteht sich.

Um dort mit einheimischen Polokragenbesitzern die Sprudelfähigkeit von Mineralwasser zu diskutieren, dachte Rosa. Welche Verschwendung!

Firenze, der Dom, wunderbar, aber gehörte das Flanieren abends, wenn die Sonne unterging, und die Vespas, mit denen verliebte Pärchen ihre Runden um den Platz zogen, nicht genauso zur Kultur?

Rosa hatte sich während der Schulzeit für das Leben der ganz normalen Leute interessiert, nicht für Herrscher oder Kriege: Was hatten die Untertanen gedacht, wie hatten sie den Tag verbracht, was waren ihre Nöte gewesen und worüber konnten sie sich freuen?

Oder London. Die Stadt mit den schrillsten Mode- und Musikneuigkeiten.

Wer kaufte dort dunkelblaue Burberry-Pullover und Dudelsack-CDs aus den 60-ern? Clara. Sie wusste nicht einmal, wer Sid Vicious war, und rühmte sich gleichzeitig, die ganze englische Kulturgeschichte zu kennen!

Die wichtigen Dinge des Lebens standen nicht in Büchern, die lagen irgendwo auf der Straße, fand Rosa. Bereit, aufgehoben zu werden, aber dazu musste man sie vorher sehen … und sich dann bücken, mit dem Risiko, sich die frisch gewaschenen Händchen schmutzig zu machen. So war das!

Clara war immer die Saubere gewesen, die Vorzeigetochter, und Rosa, na ja, die war halt auch da …

Als Kind hatte Rosa das nicht lustig gefunden. Immer war schon jemand vor ihr da gewesen, der bereits konnte, was sie gerade probierte: Clara, die Ältere. Eineinhalb Jahre Vorsprung waren keine Leistung, aber erzähle das einem Erwachsenen, mit vier!

Clara hatte reden, schreiben und rechnen können, bevor Rosa es nur versuchen konnte.

Sie war besser in Deutsch, Englisch, Mathe und später auch in Musik (ab dem Zeitpunkt, wo es nicht mehr darum ging zu singen, sondern um Komponisten und Jahreszahlen zu strebern).

Nur in Zeichnen, da hatte Rosa immer schon die bunteren Bilder gemalt!

Rosa hatte, anders als ihre Schwester, kaum Schwierigkeiten mit den Kindern aus ihrer Straße. Clara hatte deren Sprache nie verstanden und hatte durchaus eins auf die Mütze gekriegt, wenn ihr Später-werd-ich-den-besseren-Job-haben-Getue nicht ankam. Da musste sie durch. Sich von der kleinen Schwester verteidigen zu lassen, wäre auch nicht gerade ›Heroinen like‹ gewesen!

Was war Rosa heute, mit knapp 40, froh, *ihren* Weg gegangen zu sein und nicht Claras. *Sie* war zumindest lebendig geblieben!

Abgehauen war sie nach der Matura, auf InterRail mit den Mädels. Sogar Jana konnte es zwischen zwei Geburten einrichten und war eine Woche mitgekommen.

Paris war die erste Station gewesen. Eine Jugendherberge am Seine-Ufer, unweit von Notre-Dame. Mousse au chocolat an der Champs-Élyssées, so viel man wollte. Zu einem Touristenpreis hatten alle sechs zugeschlagen und waren in der großen Schüssel zu Regionen vorgedrungen, die noch kein Besucher je erforscht hatte. Iiihh!

Und dann Barbara, die Holländerin mit den dicken, blonden Zöpfen, die die erste Nacht im Achtbettzimmer durchgekotzt hatte. Schöner als sie war nur ihr Bruder gewesen, mit dem sie sich auf der Durchreise befand: Jan. Ein Traum von einem Kunststudenten! Auch wenn sie sich anstrengte, Rosa fand heute kein Bild mehr zu Jan Takken. Der wär's gewesen, aber sie hatte sich damals nicht mal getraut hinzuschauen, so sehr hatte er ihrem Traum von einem Mann entsprochen.

Vielleicht wusste sie deshalb nicht mehr, wie er ausgesehen hatte?

Ihre Wege hatten sich nur für zwei Tage und drei Nächte gekreuzt und Rosa war 18 gewesen ... und zu romantisch, um die Gelegenheit beim Schopf zu packen.

18

»Habt ihr schon mal bereut, nicht, etwas getan zu haben, sondern es *nicht* getan zu haben?«, fragte Elli um drei Uhr morgens in die Mädelsrunde, die halb verschlafen in den Clubsesseln hing. Plötzlich waren alle munter. Von kurzen Begegnungen mit Fremden war die Rede, die es leider nie geschafft hatten, aus ihrer Position herauszukommen (›upgegraded‹ zu werden zum Bekannten wenigstens, indem man sie angesprochen hätte). Es ging um Abschiede, um eine andere Ausbildung, jede hatte etwas in petto.

Und Rosa kam erstmals die Geschichte mit Jan in den Sinn, wie sie sich hätte entwickeln können. Sie war sehr hübsch gewesen damals. Nicht, dass sie sich so gefühlt hatte. Sie hatte nicht zu den Selbstbewussten gehört. Lediglich an der Reaktion der Burschen hatte sie ablesen können, was sie heute beim Betrachten von Fotos nachvollziehen konnte: Groß, schlank, langes, dunkelblondes Haar, kleiner, fester Busen – und ein Blick, der mehr verborgen als gezeigt hatte.

Verträumt, schüchtern, aber sich ihrer Eigenständigkeit durchaus bewusst.

Wohler fühlte sie sich heute, mit zehn Kilo mehr

auf den Rippen und einigen Linien im Gesicht. Hatte sie je tauschen wollen? Nein.

Ihr Beruf half Rosa, das unvermeidliche Älterwerden zu akzeptieren. Reife und Lebenserfahrung standen ihr, und im besten Fall konnte sie sich abgeklärter und souveräner fühlen. Was fehlte, war eine Brille!

Inzwischen hatte sie es ja zu einer Lesehilfe gebracht, die immer gerade dort herumlümmelte, wo niemand sie vermutete. Ein besonders eindrucksvolles Exemplar hatte sie schon vor Jahren ausgesucht und damals ihrer befreundeten Augenärztin erzählt: »Ich muss im Restaurant die Speisekarte schon um eine Armlänge weiter weghalten!«

Die Lesehilfe hatte sie dennoch nicht bekommen. Es wäre noch zu früh gewesen. Die Augen hätten sich auf die faule Netzhaut gelegt!

»Verrückt«, hatte Lina damals gemeint, als Rosa ihre Enttäuschung über die Nun-doch-nicht-Sehhilfe kundgetan hatte. »Jeder Mensch ist froh, wenn er keine Brille braucht, nur du und deine Psychotanten, ihr wollt unbedingt ›schaßaugert‹ sein!«

Da war was dran.

19

Ich und meine Psychotanten, dachte Rosa, als sie in der Praxis Teetassen sortierte. ›Psychotante‹, der Begriff war nicht sehr schmeichelhaft. Maria hatte einmal gemeint, er stamme von Menschen, die es nicht wagten, ihre ausgetrampelten Gedankenpfade zu verlassen, um etwas Neues zu probieren. Sie wären schlicht neidisch auf Berufe, die mit Wachstum und Entwicklung zu tun hätten. Vielleicht.

Wieso aber griff man so gern zu schnellen Lösungen bei selbst ernannten Experten?

»Es ist einfacher, einer Vase, die an der falschen Stelle steht, die Schuld zu geben oder einer bösen Zahnfüllung, anstatt sein Leben selbst in die Hand zu nehmen.« Marias Meinung dazu war ebenso klar.

Was hatte Rosa alles sehen müssen in den letzten Jahren. Menschen am Rande des Selbstmords. Einer Frau riet eine Feng-Shui-Beraterin, nur ja keine Pillen zu nehmen, allein den Käse wegzulassen, würde das Gleichgewicht schon wieder herstellen. Rosa befürchtete, dass die Patientin die in Aussicht gestellte Heilung nicht erlebt hätte, und schickte sie zum Facharzt.

Oder ein Patient, der bei einem Kinesiologen Engelsprays aller Art erstanden hatte, wobei ihm dieser ungefragt erläuterte, sein Problem wäre nicht das Ausgebrannt-Sein, das er spürte, sondern, dass seine lang verstorbenen Eltern ihn ins Jenseits hinüberziehen wollten. Spätestens dann war der arme Mann reif für die Klinik, wohin ihn Rosa auch überwies. Oder, besonders dreist: Besorgte Eltern, denen von einem Heiler erklärt wurde, ihr Kind sei ein Außerirdischer … Die Geschichten nahmen kein Ende!

»Wie soll jemand mit psychischen Problemen umgehen können, wenn er nicht ausgebildet wurde, diese überhaupt zu sehen?«, hatte Maria damals gemeint. »Hast du einen Hammer, ist jedes Problem, das sich dir stellt, ein Nagel!«

Und so wurde heftig drauflosgehämmert.

Nicht jeder konnte Schweine töten, sie zerteilen und zu Mettwurst verarbeiten, und nicht jeder konnte sich tagtäglich den oft herzzerreißenden Nöten der Menschen aussetzen: »Helfen Sie mir, Sie sind meine letzte Hoffnung!« Sich dabei zurückzulehnen, ohne gefühlskalt zu werden, lernt man nicht an der Uni, dachte Rosa, während sie weiter Teetassen einräumte.

»Vollmondstrand – wo bist du?«

20

Rosa war dabei, die Post zu sortieren, nachdem das Geschirr an seinem Platz war. Da fiel eine bunte Ansichtskarte zu Boden. Als sie sich bückte, sah sie das Foto eines weißen Steinhauses, üppig mit Bougainvillea berankt. Sie drehte die Karte um und versuchte, den Absender zu erkennen. Die Handschrift war ihr gänzlich fremd.

›Liebe Rosa, lieber Marti‹, stand da zu lesen, ›ich sitze gerade in der Bar Anita und bin in Gedanken bei euch. Kommt ihr heuer zur Halloween-Party von John? Dann bestell ich wieder einen Tisch!

Seid gegrüßt und viele Bussi, Mariann

PS: Es ist herrlich, ich sitze in der Septembersonne bei Cafe con leche und Bocadillos‹

Mariann, die Gute schreibt noch Ansichtskarten, wie nett. Rosa drehte die Karte zurück auf die bunte Seite und klemmte sie ans Pinboard.

Weit weg war Mariann in diesem Moment, weiter weg als nur übers Meer. Und doch nah genug, um Rosa zugehört zu haben?

Bunte Erinnerungen tauchten aus dem Grau des Alltags auf. Was hatten wir für eine schöne Zeit, letztes Jahr auf der Party in der Bambushöhle, dachte Rosa mit einem Hauch von Wehmut. Sie, mit schreiend roter Perücke und kunstvoller Körperbemalung, genauso wie Mariann … Wie viele Leute sie wieder gekannt hatte, die halbe Insel! Und wie herrlich unkompliziert es zugegangen war. Gespräche hatten sich ergeben, die sich allesamt darum drehten, wie anders das Leben auf der Insel doch war. Keine Frage nach Beruf und Herkunft, allein das Jetzt war wichtig gewesen.

Dabei hatten Marti und Rosa lediglich ihren Kennenlerntag am 30. Oktober in der Wärme verbringen, in einem feinen Hotel einchecken und bei Gelegenheit ein paar Immobilien anschauen wollen. Das taten sie gern.

Überall, wo es ihnen gefiel, lebten sie den Traum, ihr Traumhaus könnte sie finden!

Und dann war beim Einchecken am Flughafen plötzlich Mariann hinter ihnen gestanden. Im Hofer-Sackerl einen Gartengrill, sonst nichts bei sich. Wozu auch, sie hatte 500 Kleider im Kasten ihrer Finca, und …

»Mahlzeit, Schatz. Bist du schon fertig?« Eine Stimme unterbrach ihre Gedanken, es war Marti.

Er steckte den Kopf zur Tür herein, in der Hand einen Plastikbeutel schwingend.

»Schön, dass du kommst!« Rosa sprang aus dem Sessel und folgte Marti in die Küche. Im Praxisraum machte sich Essensgeruch nicht so gut.

In der Teeküche nebenan richteten sie es sich gemütlich ein. Eine Bar mit zwei kugelförmigen Hockern, mehr gab es nicht. Wenn man Platz nahm, fiel der Blick unweigerlich auf ein Plakat, das Rosa aus New York mitgebracht hatte. Es zeigte eine lächelnde Frau mit einer Tasse in der Hand. Das Bild war in den typischen Farben und im Stil der 1950er-Jahre gehalten, und der Werbeschriftzug lautete: ›Drink coffee, do stupid things faster with more energy!‹

Stäbchen, Behältnisse, alles war da, sogar an zwei Dosen Litschisaft hatte ihr Liebster gedacht! Obwohl sie einen Stock höher eine bestens ausgestattete Kochzeile vorgefunden hätten, blieben sie mittags gern hier unten.

»Na, du schaust heute aus der Wäsche! Hattest du einen anstrengenden Tag?« Marti kannte Rosa lange genug, um in ihrem Gesicht lesen zu können.

»Geht so. Stell dir vor, Mariann hat geschrieben. Sie will, dass wir heuer wieder mitkommen zur Halloween-Party!«

»Und, willst du?« Marti schaufelte weiter gebratene Nudeln in sich hinein, sah dabei nicht einmal auf.

»Lieber heute als morgen.«

Nun hob er den Blick, der Tonfall eben gefiel ihm nicht. Er betrachtete still seine Freundin. Ruhiger war sie geworden. Irgendetwas schien sie zu bedrücken, dachte er. Nur, was? Ein paar Stunden Menschen in Entspannung zu versetzen, konnte doch nicht anstrengend sein. Das musste ja für einen selbst der reinste Urlaub sein! »Was ist los mit dir?«

»Ach, gar nichts. Das Übliche halt.« Rosa war sich bewusst, dass ihre Mittagspause nicht der ideale Zeitpunkt war, um über unerfüllte Sehnsüchte zu philosophieren. Da wurden ja die Nudeln kalt!

»Hast du schwierige Patienten?« Marti blieb unbeirrt.

»Die Patienten sind das Wenigste.«

»Was dann?«

»Es ist das ganze Drumherum«, antwortete Rosa wahrheitsgemäß.

21

»Fehlende Anerkennung, gesellschaftlich gesehen«, fasste Frau Dr. Eibel zusammen, nachdem Rosa in 50 Minuten umrissen hatte, was ihr im Kopf herumging.

Rosa war nach Wien gefahren, wie alle 14 Tage. Sie freute sich darauf und nahm sich bewusst nichts anderes vor, als durch die belebte Kärntnerstraße zu flanieren, in einem Schanigarten am Graben eine Melange zu trinken und, weswegen sie hauptsächlich gekommen war, die Eibel aufzusuchen. Die grauhaarige Dame mit roter Brille saß nun vor ihr, der Blick gütig, aber auch gewitzt. Sie machte ständig Notizen, so auch jetzt.

Bei wem *sie* wohl mit meinen Belangen Stunden nimmt?, überlegte Rosa, und wird dieser ganze Seelenmüll auch einmal endgelagert? Sie hatte gerade das Bild vor sich, wie alles Unverdaute von Ebene zu Ebene weitergetragen wurde. Eine grauenvolle Vorstellung!

»Oh Gott im Himmel, gib Frieden meinen Sorgen, auf dass ich mir täglich neue machen kann!« Sie schielte gen Himmel.

Rosa wusste, was die Eibel meinte. Es war nur ein Puzzleteil, aber: Das atemlose Gespenst lugte um die Ecke, mit giftgrünen Augen und hohlen Wangen. Was konnte Rosa noch tun, um es zu verscheuchen?

Frönte sie deshalb immer öfter der Vorstellung, am Vollmondstrand Perlen aufzufädeln, sie samstags am Hippiemarkt zu verkaufen und zwischendurch – sich lediglich zu vermehren? Brannte sie aus oder durch, oder war diese Vorstellung einfach normal, das *normale Leben*, das sie bisher nicht einmal in Erwägung gezogen hatte?

Da draufzukommen, ja, das würde sich lohnen, dachte Rosa. Sie mochte die Eibel. Sie stellte sie sich vor, wie sie wohl in ihrem Alter gewesen war, vor 15 Jahren. Rosa sah sie mit einer Laterne vorangehen und ihr den Weg ausleuchten, den sie, wenn sie wollte, auch gehen konnte.

Wenn sie *wollte*, ja, das war's!

Sie musste nicht weitergehen, sie durfte auch stehenbleiben oder sich umsehen, sich niederhocken oder ein Schläfchen machen.

Das eintönige Rattern des Zuges brachte Rosa zu der Überzeugung, dass Letzteres im Augenblick genau richtig war.

22

Rosa war tipptopp ausgeschlafen, als sie wieder nach Hause kam. Sie fütterte die Katzen und goss die Blumen. Am Weg vom Bahnhof heim hatte sie noch frische Ranunkeln besorgt. Von Rosa über Rot bis hin zu einem tiefen Violett. Diese drapierte sie in der Vase, bis sie zufrieden war, goss sich ein Glas Saft ein und setzte sich zu den Katzen auf den Boden. Langsam begann es dunkel zu werden.

Jähes Klingeln durchbrach die Stille: »Hi, Süße, lass uns ausgehen heute, komm!« Die Stimme gehörte zu Maria und klang raunzig wie von einem Kind.

»Ich weiß nicht. Wo ist denn was los?«, warf Rosa ein, wohl wissend, dass es kein Entrinnen gab, wenn Maria sich etwas in den Kopf gesetzt hatte.

»Egal, ich hab' heut frei. Glaub mir, wir machen's uns fein, wo auch immer.«

»Klingt vernünftig.« Rosa ließ sich, wie sonst auch, gerne überzeugen.

»Vernünftig unvernünftig, hoff' ich!«, antwortete Maria.

»Ich hab uns einen Sauvignon blanc vom Leo bestellt, kombiniert sich der mit deiner Stimmung?«, mit diesen Worten wurde Rosa schon erwartet.

»Mhh, fein.«

Sie fiel ihrer Freundin zur Begrüßung um den Hals und fuhr fort: »Dazu noch eine italienische ›a fumare‹ und ich bin glücklich!«

Maria blickte neidisch. »So möchte ich gern rauchen, wie du. Nur zu besonderen Gelegenheiten und nur zum Genuss.« Sprach's und drückte ihre Zigarette in den gefüllten Aschenbecher.

»Was ist los bei dir? Ich hab dich gar nicht gehört diese Woche. Hattest du eine Liebeswoche oder nervige Leute in der Arbeit? Etwa wieder einen Sex-Anrufer?« Maria schaute erwartungsvoll.

»Nein, diese Woche nur eine Französin«, sie nuschelte hingebungsvoll, »die ihnen verkaufen will einö fantastische Rotwainn aus dem Medoc-äh. Und bei dir?«

Maria hielt kurz inne und zündete sich eine Zigarette an, bevor sie antwortete: »Zur Zeit arbeite ich an einem Triptychon, jedes Feld eineinhalb mal zwei Meter. Das Thema ist«, sie räusperte sich, »Geburt, Leben und Tod.«

»Das klingt ja interessant!« Rosa war plötzlich hellwach.

»Ist es auch. Manchmal muss ich aufhören, dann setz ich mich hin und heule. Der Michi ist letztens gekommen und hat gesagt: ›Mama, was ist denn?‹ Und ich hab' an seiner Schulter geweint und gesagt: ›Nichts, es ist nur – du bist schon so groß!‹ An einem anderen Tag fühl ich mich wieder gut und bin froh, dass mich keiner fragt: Wo gehst du hin, wann kommst du wieder?

Dann bin ich unendlich erleichtert, den ganzen Druck hinter mir zu haben: Schnell in die Arbeit, schnell einkaufen, schnell den Michi abholen, schnell heim und kochen. Am Wochenende putzen und die Großeltern besuchen.

Jetzt hab ich endlich Zeit für mich und meinen Dreiteiler, das bedeutet mir viel!«

»Klar, das verstehe ich. Und der Michi, was sagt er?«

»Er sagt, er ist glücklich, wenn ich glücklich bin!«

Und nach einer kurzen Pause: »Mit dem Michi, da ist mir wirklich was gelungen. Seine Zukünftige kann sich jetzt schon freuen, sag ich dir.«

»Ja, der ist dir wirklich gelungen. Ihr seid ein gutes Team. Du hast ihn immer einbezogen, und als die Großeltern gestorben sind, waren wir Mädels dann auch so etwas wie eine Familie für ihn!«

»Stimmt, er weiß einfach, wo er hingehört. Ich

sag dir, gerade jetzt fällt viel Last ab, die sich über die Jahre angesammelt hat. Zeig mir eine Alleinerziehende, die sich so verhält, wie du es im Fernsehen siehst. Die meisten tun, was sie können, und die Gesellschaft dankt es ihnen mit einem lakonischen: Der ist auch der Mann davongegangen. Wird schon seinen Grund haben.«

»Am Land ist das oft noch so …«

»Und in der Stadt, ist es da wirklich anders?«

»Du nimmst dir eine kleine Wohnung und kannst in einem anderen Bezirk neu beginnen. Die Skoci hat das gemacht, vor ein paar Jahren. Eine geförderte Wohnung für Alleinerziehende mit Gemeinschaftsgarten am Stadtrand. Der geht's richtig gut mittlerweile. Die Hausparteien leben alle in ihren eigenen Wohnungen und doch in einer Gemeinschaft. Schon allein für die Kinder ist das ein Gewinn!«

»Ja, das musst du halt auch mögen«, meinte Maria. »Ich brauch meine Ruhe und meinen Raum zum Malen. Nicht, dass ich menschenscheu wäre, aber ich bin gern allein. Ich brauch das als Ausgleich.«

Rosa musste an die einsame Terrasse denken, die sie so liebte. Seit fünf Jahren hatten sie jeden August im Haus ihrer Freunde am Meer verbracht.

»Wie wär's jetzt mit einem Redmont?«, unterbrach Maria ihre Gedanken.

»Passt heute zu dir, und für mich einen Gelben Muskateller, du weißt schon, von wem. Garcon!«

23

… das Haus am See …

Dudelte es aus dem Radio, als Rosa am nächsten Morgen ihr Auto startete.

… Orangenbaumblätter liegen auf dem Weg …
Wir grillen, die Mamas kochen und wir saufen Schnaps …
… ich hab 20 Kinder … meine Frau ist schön …

Die Macho-Version meines Freiheitstraums also, dachte Rosa, sich sanft zur Musik wiegend.

… ich sehe meine Freunde … brauch nie rauszugehen …

Ein Macho- und Stubenhockertraum in einem?, fragte sie sich.

Das war nichts für sie.

Sie wollte raus.

Und wie.

24

»Marti, du musst Pixie anrufen und fragen, ob wir Ende Oktober wieder ins Haus können!«

Heute war Rosa früher auf den Beinen als ihr Liebster. Flexibilität war angesagt, man wollte ja nicht versauern in althergebrachten Mustern.

»Jaha, mach ich«, antwortete Marti und schwang sich die Stufen hinunter. »Schön, dass du Frühstück geholt hast! Welches Croissant möchtest du?«

Dass Rosa Frühstück geholt hatte, war genau zwei Mal bisher vorgekommen. Ob es eine Bedeutung hatte?

»Das mit Schoko«, ertönte es aus der Badecke. Und nach einer kurzen Pause: »Machst du mir noch einen Espresso?«

»Sicher. Wie lange dauert deine Malerei noch? Nur, damit ich's mir einteilen kann. Du trinkst ihn ja nur brennheiß!«

Die Antwort ließ nicht lang auf sich warten: »Einen Strich noch!«

Die Striche wurden mehr im Lauf der Jahre, dachte Rosa und beeilte sich.

Da ratterte auch schon die Espressomaschine.

»Wann hast du wieder Zeit für ein gemeinsames Mittagessen?«

Rosa mochte es gern, wenn Marti es einrichten konnte, zu Mittag nach Hause zu kommen. Leider ergab es sich selten, aber wenn, dann machten sie es sich gemütlich in dieser Stunde. Kuscheln oder Schläfchen inklusive.

»Mal sehen, ich ruf dich an!«, antwortete Marti und biss in sein Croissant.

25

»Und, wie schaut's aus?« Rosa hatte Marti zurückgerufen, während der Gespräche in der Praxis ließ sie die Mailbox laufen. Sie saß in ihrem Arbeitssessel und dachte daran, wo sie heute wohl essen würden, Marti und sie.

»Gut, dass du dich meldest«, antwortete Marti. »Stell dir vor, das wird nichts mit dem Haus …«

»Was, wieso?«

Rosa sprang auf. »Sie wollen das Haus verkaufen.«

»Verkaufen …? Warum wissen wir nichts davon?«

»Keine Ahnung.

Pixie meint, sie hätten es einem Makler übergeben und der hätte schon Interessenten.«

»Bum. Das gibt's doch nicht«, stammelte Rosa. Ihr Haus konnte doch nicht einfach verkauft werden.

Sie zuckte zusammen. Hatte sie gerade ›ihr‹ gedacht?

So wohl wie auf dieser Terrasse hatte sie sich bisher nirgendwo auf der Welt gefühlt. Nicht in Südafrika, der Karibik, New York, Florida, Schottland,

Finnland, Portugal. Nicht einmal in London oder Rom, und das wollte etwas heißen!

Ja – und das tat weh –, zur Zeit fühlte sie sich nicht einmal zu Hause wie zu Hause!

Sie hatte Heimweh nach – woanders.

Heiß schoss ihr das Blut in den Kopf ... und die Gewissheit, so würde es nicht weitergehen können. Als wäre sie soeben draufgekommen, dass eine unglückliche Beziehung keinen Sinn mehr machte.

Mit einem »Na bum!« ließ sie sich zurück in den Sessel fallen.

Und jetzt?

Sie musste sofort Maria anrufen.

26

»Bitte, Maria, ruf mich zurück. Es ist wichtig. Bussi, ich bin's, Rosa.«

Die Anmerkung hätte ich mir sparen können, dachte Rosa, nach fünf Minuten des Wartens. Sie kennt meine Stimme, seit sie sechs ist.

Endlose Minuten, in denen sie versuchte, die Fassung, so wurde das immer genannt, wiederzuerlangen. »Wofür hab ich Selbsthypnose gelernt? Um in Situationen wie diesen gewappnet zu sein!«, sprach sie sich selbst Mut zu.

Während einer unangenehmen Untersuchung im letzten Jahr hatte sie sich kurzerhand vorgestellt, die seltsamen Geräusche kämen nicht aus einer Röhre, sondern von einer nahen Baustelle, und sie läge in der Zwischenzeit genüsslich am … Vollmondstrand!

Da war es wieder, dieses heftige Gefühl!

Der Strand, die Terrasse, das Haus – hatten sie ihr etwa schon das Leben gerettet? Oder war das zu theatralisch?

Konzentriert und um sich selbst zu beruhigen, dachte Rosa laut: »Was ist denn Schreckliches passiert? Das Haus am Vollmondstrand steht zum Verkauf. Gut. – Oder besser – nicht gut.«

Sie wartete auf eine körperliche Reaktion. Das war es nicht allein, was ihr Blut in Wallung brachte.

»Ich weiß jetzt, was ich will.« Oh! Da war es wieder.

»Ich weiß, was ich nicht will.« Sie begann ein wenig zu zittern.

Was mache ich mit dieser Information? Ratlosigkeit. Ich kann doch nicht alles hinschmeißen!

Etwas später gesellten sich noch zwei Gedanken hinzu:

1. Ich bin keine 17 mehr!

Und, Schwesterchen Clara hätte sich die Hände gerieben vor Schadenfreude.

2. Ich habe schließlich Verantwortung!

In diesem Augenblick läutete, Gott sei es gedankt, das Telefon: »Ich bin in der Stadt. Ich glaub, ich schau einen Sprung vorbei, passt dir das?« Auf Maria war Verlass.

27

Maria ging auf die Knie, um Rosa besser umfassen zu können.

»Was ist denn passiert? Ich bin ja da, es wird alles gut!«

Maria versuchte, sich gedanklich nicht festzulegen. So hatte sie die Freundin selten erlebt, das letzte Mal, als Marti an der algerisch-marokkanischen Grenze als verschollen gegolten hatte.

»Ich weiß nicht«, stammelte Rosa. »Ich kann so nicht mehr, glaub ich.«

»Wovon redest du, Süße?« Und, um die entstandene Pause zu unterbrechen, fuhr sie fort: »Ist was mit Marti?«

»Nichts, es ist nichts mit Marti.«

»Na, Gott sei Dank«, entfuhr es Maria. Jetzt noch die allerwichtigsten Leute durchgehen und bald würde sie mehr wissen: »Deine Eltern sind auch okay?«

»Jaja, es ist nur wegen ...«

Wie um Himmels willen sollte sie ihrer besten Freundin erklären, was sie selbst nicht verstand?

»Hast du dich verliebt? Das wäre ja ...«

»Nein, obwohl ... vielleicht so ähnlich«, stammelte Rosa und ein dümmliches Grinsen begann von ihrem Gesicht Besitz zu ergreifen.

»So, jetzt reicht's!« Maria sprang auf.

»Setz dich hin. Ich mach uns einen Kaffee.«

Maria hatte gelernt, pragmatisch zu handeln. Nicht immer, aber wenn es die Situation erforderte, gelang es ihr sogar bei Nahestehenden, einen ruhigen Kopf zu bewahren.

Das war wohl die Krux der Helfer: Denen, die sie liebten, konnten sie oft nicht helfen, weil Liebe ja bekanntlich blind machte! Für die beiden schien das nicht zu gelten. Sie sagten sich, was gesagt werden musste.

»So, und jetzt erzähl alles der Reihe nach«, Maria hielt ihr eine kleine, heiße Tasse vor die Nase und setzte sich neben sie auf die Couch. Zuvor hatte sie noch einen Zettel an die Tür geklebt und von innen zugeschlossen. Sie war bereit.

28

»Es ist so …«, begann Rosa zaghaft, um irgendetwas zu sagen. Langsam konnte sie nachvollziehen, dass sich die Freundin Sorgen machte. »… ich will dich nicht verlieren, mein Mariechen.«

»Mich wirst du sowieso nicht los in diesem Leben!«, antwortete Maria ungerührt. »Warum sagst du das?«

»Es ist, weil …«, Rosa suchte nach einer Antwort, »ich will nicht mehr …«

»Da waren wir schon. *Was* willst du nicht mehr?« Maria wollte Fakten hören.

»Das alles!«, antwortete Rosa, ohne nachzudenken. Der Damm schien gebrochen. »Dieses Murmeltier-Leben, jeden Tag das Gleiche! Nur das Bühnenbild wechselt: im Sommer dürres Gras und im Winter eisiger Gatsch! Und wozu das alles?«

»Das sagst gerade *du*?«, antwortete Maria genauso spontan. Sie war aufgesprungen. »*Du*? Wo du, gerade aus dem Urlaub zurück, schon den nächsten planst? Weißt du, wann ich – vor Island – zuletzt weg war? Na, was glaubst du?« Ihr Gesicht wurde ganz rot unter den Sommersprossen.

»Weiß nicht«, stammelte Rosa und getraute sich nicht, der Freundin ins Gesicht zu sehen.

»1994, da war der Michi drei und wir waren in Bibione. Damit der Kleine mal das Meer sieht, die ›große Badewanne‹, wie er es nannte. Und, weißt du, warum ich seither nicht länger weg war als drei Tage auf diesen Scheißseminaren? Weil ich es mir nicht leisten kann. Weil immer die Waschmaschine kaputt wird oder eine Stromnachzahlung kommt, sobald ich auch nur daran denke! Und dann kommst du und sagst so was! Du und Marti, ihr wisst ja gar nicht mehr, was ihr alles anstellen sollt in eurer Freizeit. Also, meine Liebe, du weißt, wie sehr ich dich mag – aber bedauern tu *ich dich* nicht, sorry!«

Rosa wurde leise. »Ich weiß auch nicht, es passt einfach nicht mehr. Es ist, als würdest du eine Hose anziehen und merken: Die ist zu kurz, da bist du rausgewachsen …«

Maria beugte sich über die Freundin. Ein wenig tat ihr leid, nicht was, sondern *wie* sie es gesagt hatte. Rosa war echt nicht zu beneiden.

29

»Marti, komm bitte. Rosi braucht dich.« Na, hoffentlich hört der Herr Architekt von Zeit zu Zeit seine Mailbox ab, dachte Maria, ihr Handy zusammenklappend. Und da läutete es auch schon.

»Hallo, Maria, wo seid ihr? Ich bin schon am Weg!«

30

›Tock, tock, tock‹ machte es an der Tür. Ach, ich hab den Schlüssel stecken lassen, durchfuhr es Maria.

»Ich komme!«

»Hallo, Maria … nein … wundert mich nicht … länger schon …«

Fetzen eines Gesprächs drangen an Rosas Ohr. Marti war da.

Das schätzte Rosa an ihm: Er fragte nicht lang, wenn es ernst wurde. Er war einfach da.

»Hallo, Schotzl!«

Sie lief ihm entgegen.

»Na, du?« Er schloss sie in die Arme.

»Hast du sie erreicht? Vielleicht können *wir* ja das Haus kaufen?«

»Welches Haus denn?« Maria, die Arme, war nun gänzlich verwirrt: Rosi und Marti hatten ja ein Haus. Und, wenn einer von ihnen ausziehen würde, hätten sie sich dann so liebevoll begrüßt? Nein, sicher nicht. Und außerdem hatte Rosa ›wir‹ gesagt.

»Mensch!«

Maria fasste sich an den Kopf. Ihr schien gerade ein Licht aufzugehen: »Jetzt pack ich es! Zieht ihr weg?«

»Vielleicht?« Rosa sah Marti fragend an.

Damit hatte er nun nicht gerechnet, nicht mit dieser Frage.

31

Die Frauen hatten sich auf einen Kaffee an der Mole getroffen. Es war ein sonniger Tag, sodass sie, in Decken eingehüllt, draußen sitzen konnten.

»Du meinst wirklich, ich kann da mitmachen, obwohl ich noch nie etwas gemalt habe?« Rosa legte die Stirn in Falten.

»Ach, Rosi, jetzt stell dich nicht so an. Ich kenn dich lang genug. Ich weiß, dass du schon als Kind interessante Bilder gemalt hast.«

Als Kind, dachte Rosa. Was macht man da nicht alles.

»Hoho!«, Rosa verstellte ihre Stimme auf Zirkusdirektor. »Hier sehen Sie Frau Magister Art Wunderkind, die mit 14 den Wettbewerb für ›Wie ich mir das Schlaraffenland vorstelle‹ für sich entscheiden konnte! – Na gut, wenigstens kann ich in deiner Nähe sein und du liest mir die Leviten, wenn ich im Selbstmitleid bade.«

Maria war froh, dass sie die Freundin überreden konnte, an ihrem ersten Malkurs teilzunehmen. Ihr selbst hatte die Malerei bislang viel gebracht: Trost, Freude, Entspannung. Manchmal war es einfach erleichternd, dass sich etwas veränderte, ohne dass darüber geredet wurde. Welch herrliche Abwechslung!

»Her mit den Farben!«, Rosa war wieder die Alte.

»Und«, sie schaute Maria fragend an, »bist du eine strenge Frau Lehrerin?«

»Aber wie, du wirst es noch sehen. Auf die Einhaltung der Pausen lege ich größten Wert!«

Sie mussten beide lachen. Was hatten sie schon alles miteinander durchgestanden! Die Volksschulzeit bei den geistlichen Schwestern im Ort, das Gymnasium im 19. Bezirk und dann das Studium mit dem gemeinsamen Zimmer im Internationalen Studentenheim. Man konnte glauben, sie hatten ähnlichere Gene als Rosa und Clara.

»Du bist meine Lieblingsschwester«, hatte Maria, das Einzelkind, einmal zu ihr gesagt.

»Ich trinke noch einen Kaffee, du auch?«, fragte Rosa und zündete sich eine Zigarette an. »Weißt du noch, wie die Klosterschwester vom Bindengürtel erzählt hat, in der Dritten? Meine Mutter hat schon Mini-Tampons besorgt gehabt und dann das!«

»Ja, was waren wir alle fromm, damals.«

»Zumindest fast alle!«

Rosa lachte laut auf.

»In Frankreich gibt's ein Sprichwort: Die Mädels, die auf Kirchenbänken herumrutschen, haben die weichsten Hintern!«

»Jaja, da gibt's einige, die, kaum aus der Hauptschule draußen, auch schon schwanger waren.«

»Wer weiß, was sie ihnen später noch in punkto Aufklärung erzählt haben?«, unkte Rosa und blies den Rauch betont hoch in die Luft. »*Wir* waren da schon in Wien! Aber apropos Frömmigkeit, deine Schwester, die Clara, hatte ja einen Hausaltar im Zimmer!«, erinnerte sich Maria.

»Genau, wir mussten uns alle bekreuzigen, wenn wir vorbeigegangen sind. Das war mühsam: Klopfen, reingehen, bekreuzigen, ›Essen ist fertig‹ sagen, umdrehen, bekreuzigen, dann erst ließ sie mich wieder raus!«

»Ha, die hatte dich ganz schön unter Kontrolle, die gute Clara, was?«

»Sie hat gedroht, sie würde es sonst der ›lieben Schwester‹ erzählen!«

»Waren eure Eltern denn so religiös?«

»Nein, aber restlos fasziniert von Claras Engagement in der Schule, und dann wurde ich natürlich auch dorthin geschickt. Im Prinzip war es Zufall, dass Clara in der Klosterschule gelandet ist, sie lag einfach näher.« Sie dämpfte ab.

»Von Zufall kann man bei dir ja nicht sprechen, Mariechen, was?«, fuhr sie fort.

»Ich kann von Glück reden, dass sie mich wieder rausgelassen haben.«

»Dafür hast du dir auch einiges geleistet!« Rosa lachte auf.

»Was meinst du?«, wollte Maria wissen.

»Na, mit den Krippenfiguren Fußball gespielt und getestet, wer am weitesten fliegen kann …«, half sie ihrer Freundin auf die Sprünge.

»Das Jesulein natürlich, das war ja gesegnet …«

Jetzt musste auch Maria schmunzeln.

»Oder wie du beim Chor-Auftritt am Altar der Koczi Hasenohren gemacht und sie nachgeäfft hast. Dass du dich nicht zumindest vor der Hölle gefürchtet hast, wenn schon nicht vor den lieben Schwestern?«

»Das war eben mein persönliches Wunder!«, entgegnete Maria. »Was hätte ich tun sollen? Wenn's nach der Kathi-Oma gegangen wäre, hätte sie mich aufnehmen lassen in die Kongregation, am Tag meiner Erstkommunion!«

»So gesehen, hat es dich stärker gemacht!« Rosa lächelte.

»Danke, Schwester!«

»Was wohl aus den anderen Studenten geworden ist? Dem Korkut aus Istanbul, der mit seiner Familie im Heim gewohnt hat, im sechsten Stock?«

Rosa und Maria waren dabei, Erinnerungen aufzufrischen, da durften die Freunde aus dem Studentenheim nicht fehlen.

»Und der Kleine ist am Topf gesessen und hat gerufen ›Gaga dischte!‹«

»Die Kacke ist gefallen!«

»Der muss jetzt auch schon erwachsen sein, der Kleine!«

»Ich würde mich nicht trauen zu wetten, ihn wiederzuerkennen. 25 Jahre! Der hat sicher selber schon ein Kind am Topf sitzen, das schreit.«

»Na, hoffentlich kann der noch Türkisch.«

»Wieso, die Türken sind doch sehr traditionsbewusst!«

»Wenn der Marti und ich ein Kind hätten, würde das Kleine wohl auch Finnisch lernen. Aber in der Generation danach, da wäre ich nicht so sicher«, überlegte Rosa.

»So meinst du das«, antwortete Maria.

Rosa blickte ins Leere. »Weißt du, wenn du die Sprache weglässt, dann bleibt im Herzen nur die Sentimentalität, dort, wo du dich heimisch gefühlt hast.«

»Wie du das formulierst …«

»Über Heimat habe ich viel nachgedacht in der letzten Zeit«, sinnierte Rosa weiter, »und seit gestern weiß ich: Österreich ist das Land, wo ich Heimweh hab' nach woanders.«

»Ist das von Thomas Bernhard?«

»… du meinst, nach einer Therapie?« Rosa lachte laut auf. »Nein, ist nur von mir.«

32

Rosa und Marti saßen beim Abendessen. Caprese und frisches Brot. Die Blumen am Tisch gaben dem Essen etwas Festliches.

»Du überrascht mich immer wieder!« Marti warf Rosa einen zärtlichen Blick zu. »Dass du jetzt doch mitkommen willst nach Marrakesch, das freut mich ehrlich! Ich weiß gar nicht, was ich sagen soll.«

»Gut, aber zu meinen Bedingungen!«, antwortete Rosa. »Ich hab einen Flug gefunden, über Mailand beim Hin- und Zürich beim Rückflug, der ist nicht teuer. Und – ich kann erst in zwei Wochen!«

»Fein, das lässt sich einrichten!« Marti schien zufrieden. »Eine Frage hab ich allerdings: Wieso hast du deine Meinung geändert?« Er schenkte sich ein Glas Wasser ein.

»Weil du gesagt hast, dass es dich glücklich machen würde, und ich dich gerne glücklich sehe?«, antwortete Rosa zögerlich.

»Schön. Du wirst es nicht bereuen, ich verspreche es dir.« Marti legte kurz seine Hand auf die ihre, dann aßen sie weiter.

»Nächste Woche hab ich meinen ersten Malkurs bei Maria«, begann Rosa, während sie die Teller abräumten. »Ich hab's ihr versprochen. Gott sei Dank heißt der ›Abstraktion – von innen nach außen‹ und nicht ›Hasen auf der Flucht‹ oder ›Wasserhunde im Britannien des ausgehenden 18. Jahrhunderts‹. Damit hätte ich rein technisch ein Problem. Einen Beagle naturalistisch niederzunageln? Da halt ich mich lieber an die Freiheit in der Kunst. Und, wie schon Andy Warhol sagte, kann jeder ein Künstler sein, zumindest für 15 Minuten.«

»Das schaffst du auch!«

»Was ich schon alles gemacht hab in meinem Leben!«, überlegte Rosa laut. »Schwitzhütte gebaut mit der Frauengruppe im Waldviertel, Gecoacht-Werden am Pferderücken in Ungarn, gemeinsames Menstruieren bei Vollmond – nein –, das nicht! Das kann ich noch allein! So viele irre Dinge habe ich überlebt.

Da schaff ich das auch!«

33

»Rosalie«, es war ihre Mutter, die den Namen so schön und vollständig aussprach, »denkst du bitte an unser Familientreffen am Sonntag? Ich hoffe, ihr kommt.«

Mutters Geburtstag, dachte Rosa und klappte das Handy zu. Direkt vergessen hatte sie nicht, nur nicht daran gedacht, dass so bald Sonntag sein würde. Es lief auf dasselbe hinaus: Sie hatte kein Geschenk.

»Wo bekomm ich Samstag zu Mittag einen schönen Strauß Blumen her?«

»Wieso schenkst du ihr nicht etwas anderes?«, fragte Marti zurück.

»Guter Einfall, aber was ›anderes‹?«

»Opernkarten oder Operettenkarten oder einen Gutschein für die neue Therme?« Für Marti war das offenbar kein Problem.

»Guter Plan, nur, wie komm' ich so schnell an Gutscheine?« Rosa blieb hartnäckig.

»Un moment, mon amour!«, hauchte Marti und verschwand im Bad.

Mit den Worten »Alors, vite vite!« kam er wenig später wieder.

Er hatte seine Badehose mit den lilafarbenen Flamingos über die Jeans gezogen und schwang das farblich passende Badetuch über seinem Kopf.

»Komm, lass uns fahren. Morgen Mittag sind wir längst wieder da!«, erklärte er und zog sich bereits die Schuhe an.

Es waren Momente wie diese, die sie verbanden. In ihrer Brust schlug das gleiche, bunte Abenteuerherz!

Giorgio, Rosas früherer Freund, war froh, wenn er nicht das Haus verlassen musste. Er bestellte sogar die Güter des täglichen Bedarfs, wie das so schön heißt, übers Internet.

»Um was zu tun mit der gewonnenen Zeit?«, überlegte Rosa. »Um noch länger am Internet zu sitzen.«

Es war die Zeit gewesen, wo sie sich eingesperrt gefühlt und mit 23 gedacht hatte: So läuft das jetzt bis ans Ende deiner Tage! Nicht direkt schlecht, aber auch nicht gut.

Bevor sie sich zu einer Trennung durchringen konnte, hatte Giorgio eine andere Frau kennengelernt, im Internet. Wo sonst …

Als sich die Gute in der Folge ›doch als anders, als im Netz beschrieben‹ herausstellte, musste Giorgio mit der Erkenntnis leben, dass man vieles umtauschen konnte, Gefühle aber nicht.

34

Der Dampf des heißen Wassers legte sich besänftigend um Rosas Gemüt. Sie liebte das Pritscheln in warmem Thermalwasser. Einfach daliegen und nichts tun, und der Nebel legte einen Weichzeichner ums Herz. Dass Marti diese Erfahrung mitmachte, verwunderte sie. Er war der sportliche Typ. Schlapfen und Bademantel erinnerten ihn mehr an Krankenhausaufenthalte denn an Sich-Wohlfühlen.

Nebeneinander in der körperangepassten Sprudelliege abzuhängen, um *nur* zu sprudeln, wie herrlich war das! Was konnte da noch wirklich wichtig sein?

Abschalten kann ich, dachte Rosa nach einer kleinen Ewigkeit. Alles, was du dir erarbeitest, worum du kämpfen musst, schmeckt süßer!

Was für ein ›aufgescheuchtes Hendl‹ sie in ihrer Jugend gewesen war. Empfindsam, so würde sie es heute nennen. Sie hatte erst lernen müssen, ihre eigene Melodie zu bewahren, auch wenn die Menschen um sie herum etwas anderes spielten.

Hatte sie deshalb diesen Beruf gewählt, weil sie so gut ›mitschwingen‹ konnte?

Und jetzt, wollte sie vielleicht nur noch ihre eigene Melodie spielen?

Mit 40 kommt der große Umbruch, sagen die Sterndeuter. Der Planet der Aufmüpfigkeit kommt sich selbst in die Quere und fordert das bislang Verborgene heraus, nun in Erscheinung zu treten. Zwei Herzkammern und zwei Hände, vielleicht hatte man als Mensch auch zwei Lebensentwürfe?

Rosa überlegte. Sollte sie doch Mutter werden – solange das überhaupt noch möglich war? Ein Kind würde ihrem Leben neuen Sinn geben, bestimmt, aber würde *sie* sich dann nicht eher nach der Melodie des kleinen Hosenscheißers richten als nach ihrer eigenen? Die Atemgeräusche eines Säuglings konnten zum Taktgeber für das eigene Leben werden. Rosa wusste das, nicht zuletzt aus den Erzählungen ihrer Klientinnen.

Was, wenn sie erst dazu käme, ihre eigene Melodie zu spielen, nachdem der Sprössling bereits ausgezogen war? Vermutlich also zwischen 60 und 70. Konnte sie so lang warten? Besser noch: *Wollte* sie so lang warten? Oder sollte sie sich blindlings in ein Projekt mit ungewissem Ausgang stürzen?

Maria hatte ihr vor Jahren anvertraut, als der kleine Michi gerade gehen gelernt hatte: »Kinder verändern alles! Wenn du geglaubt hast, du kannst noch selbst bestimmen, wann du aufs Klo gehst, isst oder schläfst, dann irrst du dich. Von anderen Freuden ganz zu schweigen, die interessieren dich sowieso nicht, solang du herumrennst wie ferngesteuert!«

Sollte sie sich das antun? In ihrem Alter?

Aber wohin dann mit dieser Sehnsucht?

Sie hatte es schon bemerkt, Marti noch nicht: Wenn sie irgendwo ein Baby sah, auf der Straße, im Fernsehen, im Zug – dann stiegen ihr Tränen in die Augen. Sie konnte nichts dagegen tun.

Sollte sie zu ihren Träumen stehen, wie Marti ihr das oft vorgeschlagen hatte?

Einfach drauflos?

Marti hatte ihr vorgelebt, wie es gehen konnte. Marti war ein Unikat.

Er machte nur Dinge, von denen er überzeugt war.

Oder aus Liebe.

In diesem Fall ließ *er* sich überzeugen, manchmal … Nur, war *sie* dazu bereit?

35

»Schön, dass ihr *auch* schon da seid!«

Rosas Mutter erhob sich langsam von ihrem Vorsitz, um die Zu-spät-Gekommenen zu begrüßen. »Wir sind schon bei der Suppe«, ergänzte sie.

»Entschuldige bitte, es war so viel Verkehr«, warf Rosa ein und küsste die Mutter auf beide Wangen.

»So weit habt ihr doch gar nicht«, entgegnete diese. »Aber, egal, setzt euch schnell dazu.«

Alle waren sie da, die Eltern, ihr Bruder Peter aus Oberösterreich, Clara mit ihrem Mann Günther und den Kinder Lina und Alfi.

Rosa und Marti grüßten flott durch die Runde. Nur bei Clara schien Rosa eine hochgezogene Braue bemerkt zu haben, sonst zeigten sich alle erfreut, sie wiederzusehen.

Es ist, wie es ist, sagte sich Rosa, und sah Clara in die Augen.

Diese hielt dem Blick nicht stand und warf ihre adrett geschnittenen kurzen Haare, bildlich gesprochen, in den Nacken.

Hört das nie auf, dachte Rosa. Sie konkurriert mit mir, immer noch.

Vielleicht ist es eine Möglichkeit, Gleichmut

zu lernen? Oder rede ich mir da etwas schön? Sie würde heute Abend Zuflucht suchen bei den alten Philosophen.

Rosa sah sich um. Außer Clara saßen schließlich noch andere Leute am Tisch. Peter, ihr Bruder. Er war der Jüngste der drei. Zehn Jahre Altersunterschied trennten sie, für ein Kind eine Ewigkeit. Rosa konnte sich noch erinnern, als ihre Mutter den ›Stammhalter‹ nach Hause brachte. So ein kleiner Wurm sollte jetzt einen Stamm halten, oder was? Rosa fand das lächerlich. Anfangs hatten Clara und sie mit Peter gespielt, aber wirklich nett wurde es erst, als er drei oder vier war.

Bald darauf kamen die Mädchen ins Internat und hatten am Wochenende andere Interessen, als den kleinen Bruder zu hüten.

Der kleine Bruder, das unbekannte Wesen! War er deshalb so rasch nach der Schule nach Linz verschwunden, weil er außer zwei alternden Elternteilen keine Ansprache hatte? Oder doch eher, wie er sagte, wegen der Ars-Electronica-Geschichte?

Rosa vermutete beides, sonst ließe er sich wohl öfter blicken.

»Seine Freundin hat Peter zu Hause gelassen, wahrscheinlich hat er zu ihr gesagt: ›Das zahlt sich nicht aus, dass du den langen Weg in Kauf nimmst, für die paar Leute!‹«, flüsterte ihr Marti ins Ohr. »Oder«, jetzt kam er in Fahrt, »er hat einen Freund. Wäre auch egal!«

»Mir auf jeden Fall, aber blöd nur für einen Stammhalter, du weißt schon.«

Rosa sah Marti plötzlich auf eine seltsame Art an, fand er. Wollte sie ihn veräppeln? Marti war auch der einzige Sohn in seiner Familie, er hatte fünf Schwestern, die alle mindestens zwei Kinder zur Welt gebracht hatten. Die Betonung lag auf ›mindestens‹.

Familienfeste in Finnland sahen anders aus. Dagegen war das, was hier geboten wurde, die zufällige Ansammlung einiger Menschen. 50 Leute kamen im Norden leicht an einem Nachmittag zusammen, um zum Geburtstag zu gratulieren – die engsten Verwandten sozusagen. Rosa fand das schön, weil es völlig unkompliziert ablief. Kommen und Gehen waren gestattet, nein, erwünscht – ansonsten wäre diese Menschenmenge nicht zu verköstigen, dafür müsste man Hallen bauen.

Rosa war gerne bei Martis Familie in Finnland. Diese wohnte am Stadtrand von Turku in einem alten Haus mit Bäumen drum herum. Von hier waren alle sechs Kinder ausgezogen in die Welt. Marti nach Österreich, seine älteste Schwester lebte in der Schweiz und damit am weitesten weg. Der Rest blieb im Norden, in Schweden, Dänemark und Schottland.

Das Aufwachsen in einer Großfamilie hinterließ seine Spuren. Marti hatte ihr einmal gestanden, dass er beim Einkaufen im Supermarkt immer diejenigen beneidete, die am meisten Milch im Korb hatten. Viel Milch bedeutete, sie hatten eine große Familie zu versorgen.

Rosa trank ihren Kaffee schwarz. Zu Hause gab es daher maximal Haltbarmilch. Für Crêpes. Und Obers für Martis Kaffee.

Falls Marti einmal anhaltend traurig werden sollte, Rosa wüsste, was zu tun wäre: ein Milchgroßeinkauf im Supermarkt. Und die Sache wäre gerettet.

Ihr Liebster hatte Großfamilienerfahrung mit allen Konsequenzen.

36

›Wirf ab die Heiligkeit, wirf ab die Klugheit – so wird der Nutzen groß sein.‹

Rosa machte es sich am Abend mit alten Chinesen und dazu passendem Tee gemütlich. ›Was alle hassen, das sollte man prüfen; was alle lieben, das sollte man prüfen‹, stand da zu lesen, oder: ›Wahre Worte sind nicht schön. Schöne Worte sind nicht wahr.‹

Auf alle Exemplare der Klatschpresse gehörte dieser Hinweis von Lao-Tse, befand Rosa. Ähnlich den Warnetiketten auf Zigarettenschachteln: ›Achtung, glauben Sie nicht alles, was in der Zeitung steht! Yellow Press gefährdet ihre Urteilsfähigkeit!‹

Die Gedanken von Konfuzius und ihre Zeitlosigkeit beeindruckten Rosa immer wieder aufs Neue. Sie waren 2.500 Jahre alt. Einen Satz wünschte sie sich, auf ein Kissen gestickt, für ihre Praxis: ›Man kann einen Menschen wohl auf den rechten Weg bringen, doch man kann ihn nicht zwingen, darauf zu bleiben.‹

37

»Dass der Peter so lang geblieben ist, hat mich gewundert. In Linz scheint es ihm ja gut zu gefallen. Wir sollten ihn mal wieder besuchen. Dann zeigt er uns seine Installation und das neue Ars-Electronica-Haus.«

»In Linz beginnt's – und am Neusiedlersee tut mir mein Herz so weh!« Marti intonierte auf ›finnischer Volksliedsänger‹. Es klang gewöhnungsbedürftig.

Was wusste sie schon über ihren Liebsten? Ihre gemeinsame Geschichte und ein wenig mehr als die Eckdaten: geboren in … am … usw. Die Zeit vor ihr kannte sie logischerweise nur aus Erzählungen. Und, das hatte Rosa erfahren, was Geschichten anbelangte, sagten diese oft mehr über die Person, die sie erzählte, als über den Inhalt.

»Es wurde auch schon Zeit, dass wir uns wieder treffen! Hallo, Jana!«

»Hi, wer kommt denn alles?«

»Die Bibi kann heute nicht, sonst, glaub ich, sind wir komplett.«

»Was trinkst du?«

»Hm, heute wird es, glaub ich, der Keltenwein Samhain werden – oder nein, ich weiß was.«

Sie wandte sich in Richtung Theke: »Red Pitt – Habt ihr den 2004er offen? Nein? Dann nehm ich eine Flasche, bring uns bitte fünf Gläser und Wasser dazu.«

»Gibt's was zu feiern?«

»Nichts, Jana. Vielleicht gerade das!«

»Verstehe. Schau, da kommt der Rest der Herde angetrabt, spät wie immer.«

»Also, ich sag's euch«, platzte Elli bei der Tür herein.

»Hallo, erst mal …«, wies sie Jana sanft zurecht.

»Meine Putzfrau hat mich gerade angerufen, sie kommt nicht mehr. Montag und Mittwoch sind zwei Tage, die passen ihr nicht so gut. Da will sie lieber selber was unternehmen. Ich hab ihr natürlich gesagt, ich muss mich nach den Kunden richten und sie kann nicht nur dann bei mir arbeiten, wenn sie grade kein Pilates oder Bauch-Bein-Po hat, weil da habe ich keine Kunden im Haus und deshalb auch keinen Dreck zu putzen.«

»Klar.«

Mona und Maria hatten vor der Tür zu Ende geraucht und gesellten sich zu den anderen im Lokal.

»Und?«

»Nichts – und. Morgen bin ich um acht beim

Arbeitsamt. Meine Putze ist weg. Wie läuft's bei euch?«

»Geht so.«

»Auf was trinken wir?«

Maria schenkte sich ein Glas Rotwein ein und meinte: »Prost, auf ein Rendezvous mit Mr. Pitt!«

»Das hättest du mir sagen müssen, Rosi, dann hätte ich mich ein wenig restauriert vorher!« Es war Mona, die diese Beschwerde vorbrachte.

»Geh, du stehst doch nur auf Sean Penn im Standbild. Für den reicht's!«

»Ich sag euch, ich hab diese Woche einen Mann getroffen, in Salzburg, auf einem Meeting. Der wär's gewesen«, schaltete sich Maria dazwischen.

»Maria, du? ... Ich meine, der muss schon was können, wenn er dir gefällt. Lass mich raten: groß, schlank, vom Typ her Keanu Reeves vor der Jahrtausendwende?«

»Die Jahrtausendwende! Da waren wir alle noch ›um die 30‹ und Bibi hatte schon damals die ultimative Krise.«

»Ja, und du deinen Chemiefabrikanten, Mona! Weißt du noch, als du erzählt hast von eurem Kennenlernen, wie in einem Pilcher-Roman!«

»Dann hat er sich entpuppt, exakt zwei Jahre später.«

»Das stand schon in der Bravo von 1979: Nach

einem halben Jahr ist es keine Verliebtheit mehr und nach zwei Jahren ist es dann Liebe!«

»Oder halt nicht! Wie in Monas Fall, Roserl!«

»Genau. Dr. Sommer Team. Mein Gott, das weiß ich noch alles.«

»Willkommen im Club ›Weißt-du-noch‹?«

»Was machen wir in 20 Jahren, wenn wir jetzt schon in Erinnerungen an vergangene Zeiten schwelgen?«

»Wir erzählen uns: ›Weißt du noch … wie wir an der Bar gestanden sind, beim Rendezvous mit Mr. Pitt‹ …«

»… und wie Elli erzählt hat, ihre Putzfrau trainiert lieber ihren Hintern als ihre Oberarme!«

»… und wie Rosi aus der September-Bravo von 79 zitiert hat, ihr wisst schon, Seite 25, rechts oben …«

»Klar, daran werden wir uns genau erinnern! Aber wer weiß, ob wir nach dem Treffen noch heimfinden werden?«

»Na, dafür haben wir dann unsere Kinder!«, lachte Maria.

»Oder Enkerl«, ergänzte Jana strahlend.

38

»Wer begleitet *mich* nach Hause, wenn ich alt und schrullig bin«, wollte Rosa von Marti zur Begrüßung wissen.

»Na, ich natürlich, wer sonst!«, kam als Antwort.

»Wer weiß, ob du mich dann noch willst?«

Ein Hauch Theatralik lag in ihrer Stimme. Rosa spürte die drei Gläser Wein, die sie in kurzer Zeit getrunken hatte. Deshalb war sie auch zu Fuß gegangen. Noch ging das ja!

Dramatisch wurde sie zumeist nur alkoholbedingt. Marti hatte nach zwei Stunden am Computer noch einen klaren Kopf und antwortete: »*Ich* weiß!«

»Das sagst du jetzt so …« Sie legte eine schöpferische Pause ein. »Bei uns gibt's ja keine Klausel ›In guten wie in schlechten Zeiten‹ …«

»Weil du sie nicht wolltest!«, kam die prompte Antwort. »Ich habe dich einmal gefragt, in Rom in der Villa Borghese, und *du* hast gesagt, *du* brauchst das nicht.«

»Ja, aber … das ist fünf Jahre her«, versuchte Rosa zu erklären.

»Macht das einen Unterschied?« Marti hatte

sich selten so nüchtern wie in diesem Augenblick gefühlt.

Rosa dachte nach. Sie wusste es nicht. Veränderte sich da etwa auch etwas? »›I got a right to be wrong‹, spiel's mir, bitte!«, wechselte sie das Thema, und auch wieder nicht. »Oder hast du heute schon geübt?«

»Jetzt noch?«, fragte Marti lahm.

»Die Nummer passt doch ganz gut! Findest du nicht?« Sie zog Marti zu sich und drückte seinen Kopf an ihren Hals.

»Lass mich mal schauen«, sprach er, sich aus der engen Umklammerung windend.

Wo war nur der Koffer mit dem Saxophon?

Rosa musste an die letzte Hochzeit und ihre Reise nach München denken. Onkel Janosch hatte zu seinem 70-er, zum Firmenjubiläum und zur anschließenden Hochzeit geladen. Alles in einem, denn Onkel Janosch war Ökonom.

Marti und sie waren in der ersten Pension nach der Autobahnabfahrt abgestiegen. Diese hatte sich als idyllisch gelegen entpuppt, dabei war ihnen beim Buchen nur die Nähe zu Schloss Blutenburg wichtig gewesen. An diesem Juniwochenende kam Rosa die Stadt wie ein einziger großer Park vor. Der Feiermarathon endete mit einer Zeremonie im Schloss, die Braut trug ein schwarzes Flamencokleid und Onkel Janosch einen Ausdruck im Gesicht von ›Jetzt aber!‹. Rosa gönnte den beiden ihr Glück. Sie konnte sich eventuell auch vorstellen, mit Marti in 30 Jahren in der Blutenburg-Schenke zu sitzen und sich gegenseitig ›Obatzten‹ aufs Brot zu schmieren.

Marti würde wieder lieber ins Brenner gehen. Einen Vorteil hatte dieses Lokal (neben den Gewölben der ehemaligen Pferdestallungen natürlich). Rosa hatte gehört, es wäre München pur. Das traf sich gut, denn die Zeit war knapp. So waren sie anderntags in die Maximilianstraße getrabt und hatten Gegrilltes bestellt. Die Weinkarte wies pfeffrige Grüne Veltliner auf und Rosa hatte sich auf der Stelle wohlgefühlt. München und ab und an die entfernte Verwandtschaft zu besuchen, das hatte schon was, fand sie.

Weg von daheim und doch in der Nähe, rein in die Großstadt und doch irgendwie am Land. München konnte etwas, wie Marti es formulierte. Er war nach dem Essen zum Eisbach geschlendert, um die Wellenreiter bei ihrem Tun zu beobachten, während Rosa den Nachmittag im Brandhorst mit Warhol, Hirst und Twombly verbrachte. In München hatte die einzige Hochzeit, die Rosa in zehn Jahren besucht hatte, stattgefunden. Wer, außer Onkel Janosch, heiratete denn heute noch?

39

»Dreh ich jetzt völlig durch?« Rosa stand vorm Spiegel und putzte sich die Zähne, wie an jedem Tag. Nur, irgendetwas war heute anders.

»Wir fassen zusammen«, hörte sie sich sagen, während sie den Schaum beobachtete, wie er langsam aus ihrem Mund tropfte. »Ich will nicht mehr so wie bisher, *vielleicht* ein Kind, *vielleicht* auswandern oder *vielleicht* heiraten … Na, wenigstens steht keine Geschlechtsumwandlung zur inneren Debatte!« Erleichtert stieg sie in die Dusche.

»Oidaoidaoida!«, würde Neffe Alfi in diesem Fall sagen. Er war so ruhig am Sonntag, aber das brachte wohl das Alter mit sich: 16 ist kein Honiglecken für einen Burschen! Für ein Mädel ging es da schon wieder.

Aber, weiß ich, wie es sich heute verhält? Meine Erfahrung stammt aus dem vorigen Jahrtausend! Rosa trocknete sich ab.

Sie beschloss, auf ihren Neffen zuzugehen.

»Alfi, mei Bua! Wir haben uns gar nicht unterhalten können bei der Oma. Magst nicht mit mir essen gehen oder auf einen Kaffee?«

Die Mailbox musste herhalten, es war schließlich Unterricht. Keine fünf Minuten später läutete auch schon das Telefon.

»Hallo, Rosa, klar, gern! Wann hast du Zeit?«, klang es aus der Leitung.

»Ich kann's mir leichter einteilen. Hast du keine Schule?«, antwortete sie.

»Als ich gesehen habe, dass du anrufst, bin ich schnell aufs Klo. Heut' hab ich schon um eins aus, Lehrer-Konferenz, passt dir das?«

Rosa überlegte, ein wenig in Zweifel, wer die letzte Stunde ausfallen lassen würde, und gab als Antwort: »Ich kann aber erst um zwei!«

»Alles klar. Wie immer beim Chinesen?«

»Genau. Und jetzt geh wieder in die Klasse!«

»Hallo, hier bin ich!«

Alfi wedelte mit den Armen. Beim Chinesen, der Betreiber war eigentlich Japaner, aber alle sagten Chinese, war es gerammelt voll um diese Zeit. Das Lokal war belagert von Schülern, die sich am Nachhauseweg noch ein Menü zur Stärkung holten.

Wer weiß, wie lange sie sonst allein zu Hause wären, ohne anständige Mahlzeit! Rosa dachte es in einem Anflug von Mütterlichkeit, als sie eintrat.

»Na, geht's gut?« Ein breit grinsender Alfi saß vor ihr. Sein Outfit war mehr als cool.

Rosa warf ihre Jacke auf die Lehne des letzten freien Stuhls und ließ sich daraufplumpsen. Gänzlich not-lady-like.

Sie war mit ihrem Neffen unter lauter jungen Leuten und nicht mehr in der Praxis, wo sie sich unter Kontrolle haben musste.

»Klar, und dir?«, fragte sie zurück.

»Immer!« Alfi setzte sein schelmischstes Lächeln auf. War das ein Strizzi!

»Was treibst du so?« Rosa wollte das Gespräch ein wenig in Gang bringen.

Alfi war sichtlich hin- und hergerissen zwischen der Konzentration auf das Gespräch mit seiner Tante und den Mädels, die vom anderen Ende des Lokals zu ihm herüberschauten. Rosa tat er beinahe leid.

Als schien er ihre Gefühle zu erraten, fuhr er fort: »Die stehen alle auf mich!« Dabei lenkte er, nicht unbeabsichtigt, das Thema in die Richtung, die ihm gefiel.

»Na, du bist ja auch ein fescher Zapfen, wie man bei uns früher gesagt hat!« Rosa zuckte zusammen. Wie konnte sie nur das Wort ›früher‹ hier und überhaupt in diesem Zusammenhang verwenden? Das klang, als wenn sie aus dem letzten Jahrhundert stammen würde…., dabei war es das letzte Jahrtausend, haha!

Du liebe Zeit. Sie war urpeinlich! Sie könnte es

verstehen, wenn Alfi aufstehen und sich zu den Mädels hinübersetzen würde!

Alfi blieb ungerührt an seinem Platz. »Die Mädels sind uranstrengend, verstehst du? Die wollen immer hören, wie schön und wie toll sie sind. Die merken gar nicht, wenn du jeder dasselbe erzählst!«

O ja, das merken sie irgendwann, glaub mir! Rosa sparte sich die nächste Möglichkeit, sich zu blamieren. Wenigstens war sie lernfähig!

»Und, dir gefällt keine?«

»Die sind alle so dumm und so leicht zu kriegen. Das interessiert dich irgendwann nicht mehr.«

Alfi, der Abgeklärte, der von den Freuden der Lenden mit 16 schon Gesättigte, sprach – zu einer alten Frau! Was für ein Erlebnis in der Mittagspause zwischen zwei Klienten, fand Rosa.

»Na, wenn die es ihm so einfach machen?« Marti blieb ungerührt, als sie ihm auf der Heimfahrt telefonisch davon berichtete.

So sehen die Boys das also, aber egal, ich bin eh schon aus dem Rennen!

Das sagte sie nicht mehr. Für heute reichte es.

»Wann bist du abends fertig, Rosa? Ich komm um acht«, meinte Marti zum Abschluss.

»Ich auch, bis dann«, antwortete Rosa kühl, »und nimm nichts vom Chinesen mit. Von dem Essen wird man alt!«

40

Von vier bis halb acht hab ich meinen ersten Malkurs, dachte Rosa, als sie mit dem Auto in die Hauseinfahrt einbog. Die Bausubstanz war im großen Stil modernisiert worden und strahlte nun einen eigenen Charme aus. Eingesäumt wurde das Grundstück von alten Nuss- und Kastanienbäumen.

Ein schönes Anwesen hatte sie. Sie war ihrer Oma Käthe dankbar. Fast jeden Tag dachte sie: Wie lieb, dass sie mir das Haus vererbt hat. Im Gegensatz zu Maria konnte Rosa nahezu sorgenfrei leben. Das Haus und die Liebe zum Paprika habe ich von der Käthe-Oma!

Marti wusste, was das hieß. Andere Köchinnen verwendeten Meersalz oder hatten einen erhöhten Basilikumverbrauch, das war eine Zeit lang sehr modern, bei wieder anderen durften es nur die frisch geriebenen, schwarzen Körner sein, aus dem Land, wo der Pfeffer wächst. Und bei Rosa? Bei Rosa musste es Paprika sein!

Alle meine Lieblingsgerichte sind feuerrot, schwärmte sie bei passender Gelegenheit: Pörkölt, Szegediner

Gulasch, Grenadiermarsch, Ungarisches Reisfleisch, Paprikahendl …

Beim Kochen mit dem süßlich-scharfen Pulver kannte Rosa keine Hemmungen, weder in der Größe der Töpfe noch in der Verwendung des Gewürzes. Hart für einen Nordländer, befand Marti. Die finnisch-ugrische Gemeinschaft endete bei ihm in der Sprache. Alles andere war ihm zu sehr ›Piroschka‹.

Sagte in dem Film nicht jemand, man müsse entweder völlig verrückt oder wahnsinnig verliebt sein, um Ungarisch zu lernen (war da eigentlich das Essen inkludiert)? Und wie stand es mit Finnisch? Rosa hatte es im Lauf ihrer Verliebtheit versucht, aber weit über ›Terve‹ war sie nicht hinausgekommen. Die 15 Fälle fanden nicht so recht Eingang in ihre Gehörgänge, von den Gehirnwindungen ganz zu schweigen.

In Martis Familie sprachen alle ein wenig Deutsch. Einige seiner Schwestern hatten in Deutschland studiert oder zumindest ein Auslandssemester absolviert. Marti war ganz nach Österreich gekommen.

Im Internationalen Studentenheim hatten sie sich kennengelernt. Es war beider letztes Jahr. Rosa wollte an diesem Tag an ihrer Diplomarbeit feilen und hatte eigentlich keine Zeit für eine hemmungslose Party. Aber, wie das Leben so spielt, die besten Feten fanden immer spontan statt! Das Heim war schließlich berühmt für seine ausgelassenen Feiern. Also hatte sie einen Abstecher in die Aula unternommen.

Zwischen dem jungen finnischen Architekturstudenten und der beinahe fertigen Psychologiestudentin vibrierte es an diesem Abend. Die beiden liefen sich im dritten Stock in die Arme, als Rosa aus dem Zimmer von Marias Cousine Getränkenachschub holen sollte. Mit drei Flaschen billigem Valpolicella im Arm wäre sie von dem blonden Riesen beinahe umgerannt worden.

»Anteeksi«, entschuldigte sich der junge Blonde und packte Rosa mitsamt ihrer gläsernen Fracht. Von da an verstand Rosa Finnisch.

Man könnte jetzt einwerfen, dass es abgeschmackt klang, Tatsache war jedoch, dass diese Umarmung beiden gefiel. Denn, das durfte Rosa im Lauf ihres Lebens und anhand der Erzählungen ihrer Klienten lernen: Es war das Leben selbst, das die mit Abstand unglaublichsten Geschichten schrieb!

Da standen sie also, am Gang eines Hauses, das sie beide sechs Jahre bewohnt hatten, er im ersten, sie im fünften Stock. In der Mitte waren sie zusammengetroffen – und es fühlte sich gut an.

»So wollte ich immer von einem Mann angefasst werden«, würde sie später ihren Freundinnen erzählen. »So respektvoll und selbstbewusst zugleich.

Da war nichts Zögerndes, Vorsichtiges, aber auch nichts Drängendes, Vorschnelles. Jetzt weiß ich erst, was ich mir immer gewünscht habe.«

Wenn Marti anstatt der fünf Schwestern Brüder gehabt hätte, wäre er dann anders geraten? Marti war geprägt durch den ruhigen, selbstbewussten Vater auf der einen und fünf fröhlichen Frauen auf der anderen Seite. Martis Mutter war emanzipiert genug, Wert darauf zu legen, dass aus ihrem einzigen Sohn kein Hahn im Korb oder Softie wurde. Ersteres war ihr allerdings nicht ganz geglückt. Natürlich blieb ein Bub unter fünf Mädchen etwas Besonderes, so Rosas Meinung.

Ein sonniges Gemüt hatte er entwickelt. Wäre er derselbe, wenn seine Geschwister nicht Ulla, Viivi, Tea, Piia und Suvi heißen würden, sondern Mies, Kerkko, Seppo, Jari und Usko – er also mit Brüdern großgeworden wäre?

Und was wäre aus Rosa geworden, wäre sie nicht im Windschatten ihrer Schwester gestanden? Hätte sie den Lehrberuf gewählt, wie ihre Eltern und Clara? Sie war keine Schulsprecherin gewesen, hatte nicht mit Auszeichnung maturiert, Rosa lief so mit.

Und das war nicht das Schlechteste, aus heutiger Sicht.

Bei Marti war es einfacher, bei Marti war alles einfacher!

»Das kommt daher, dass du nicht ich bist!«, war Martis trockener Kommentar.

41

Eine Stunde noch, dann würde sich zeigen, was leichter war: im Leben anderer herumzuwerken – oder selbst etwas zu schaffen.

»*Kunsttherapeutische Praxis Mag. Maria Schilling*« stand auf dem Schild neben Marias Wohnungstür.

Wie oft war sie schon durch diese Tür gegangen, ihre beste Freundin zu besuchen? Das Schild an der Tür sah sie heute zum ersten Mal.

Maria hatte die Praxis in ihrer Wohnung untergebracht. Ähnlich wie Rosa, allerdings hatte diese mehr Platz. Rosa strich sich durchs Haar und läutete.

»Fein, dass du da bist.« Maria hatte sie schon erwartet.

Rosa begrüßte die Freundin und trat ein. »Ich bin schon ganz aufgeregt«, verriet sie. Maria ging vor in ihren Praxisraum, drinnen saßen bereits vier Kursteilnehmer. Rosa reichte allen die Hand: »Guten Tag, ich bin Rosa.« Es war eine bunte Runde. Eine Dame mit aufgetürmtem, pechschwarzem Haar und hellblauen Augenlidern, ein Herr mit grauen, langen Haaren, Pfeife und Nickelbrille, ein Mädchen, das aussah wie eine angehende Volksschullehrerin, und eine ältere, etwas unscheinbare Dame, in Braun gewandet. Alle schienen es nicht erwarten zu können, endlich loszulegen.

»Wir warten noch auf eine Teilnehmerin«, informierte Maria die Runde. Da klingelte es auch schon: »Ah, ich glaube, das ist sie!« Maria eilte zur Tür und kam zurück mit einer Frau in Rosas Alter. Sie war klein, hatte brünettes, halblanges Haar und trug eine Brille. Brav zog sie durch die Runde und stellte sich mit den Worten vor: »Entschuldigung, ich bin Margarethe.«

»Das macht doch nichts, dass du Margarethe bist, also mir nicht!«, hätte Rosa am liebsten geantwortet. Hier war sie frei, hier konnte sie machen, was sie wollte! Endlich brauchte sie nicht auf ihr Gegenüber Rücksicht zu nehmen, die Entwicklung im Auge behalten und den ganzen Kram. Hier konnte sie sich gehen lassen, hier war *sie* die Klientin!

»Servus, ich bin Rosa.« Diese Worte verließen ihren Mund. Etwas anderes konnte sie Maria nicht antun. Jetzt noch nicht. Der Kurs hatte nicht einmal begonnen!

Wenig später standen alle fünf Aspiranten und -innen vor der nackten Leinwand und blickten, mehr oder weniger gehemmt, ins ›Auge des Tigers‹, auf die weiße Wand.

Maria wäre nicht Kunsttherapeutin, wenn sie nicht wüsste, wie damit umgehen.

Keine Stunde später wurde schon gekleckert und geschmiert, gepinselt und gerührt. Rosa fühlte sich wohl in der ungewohnten Rolle:

»Wie geht's dir mit dem Rot?«, fragte sie ihre Nachbarin, die Dame mit dem Haarturm. Das Du war obligatorisch in der Runde.

»Na ja, gewöhnungsbedürftig«, antwortete diese und spreizte den kleinen Finger ab, während sie den Pinsel erneut in die Farbe tauchte.

»Wieso?«

»Ich bin nicht so der rote Typ.«

»Sondern?«, fragte Rosa neugierig. Vielleicht war sie ja selbst auch nicht der rote Typ.

»Ich bin mehr der blaue«, kam als Antwort.

»Aha!«

Das Fragenstellen sein zu lassen, fiel Rosa schwer. Mit der Zeit genoss sie es jedoch ein wenig, etwas von sich selbst einbringen zu können: »Ich hab gar nicht gewusst, wie gern ich Türkis mag. Oder Rosa, wow. Früher war Dunkelrot meine Lieblingsfarbe«, erzählte sie dem Herrn mit der Pfeife, die dieser auf allgemeinen Beschluss kalt im Mundwinkel lassen musste.

Am Ende des ersten Abends war Rosa zwar angepatzt, aber nicht schlecht gelaunt. War halt ein Versuch, dachte sie.

»Schön, dass ich kommen durfte, Maria.«

»Bis morgen, Süße. Da geht es erst richtig zur Sache!« Rosa verließ die Freundin als Erste, von den anderen Teilnehmern wollte noch keiner heimgehen.

42

Marti blickte auf, als er das Auto hörte. Auch Bubba Billian und Bubba Lillian kannten die Geräuschkulisse, wenn Rosa nach Hause kam. Sie bezogen Stellung mit Blick auf die Haustür.

»Bist du unter die Anstreicher gegangen, Schatz? Steht dir gut«, lachte Marti, als er Rosa hereinschleichen sah.

»Nein, Kunsttherapie die Erste. Ich muss zuallererst ins Bad!«

»Und dann? Gibt's schon etwas zu begutachten? Kann ich mir einen ›Original Rosa Talbot‹ über den Kamin hängen?«

»Vielleicht morgen. Heute geh ich nur noch ins Bett.«

»Um viertel neun? Hast du überhaupt schon etwas gegessen?«

»Solche Tage, wo du einfach nur müde bist und von deinem weichen Bettchen träumst, kennst du die nicht? Nicht mal lesen mag ich mehr.«

Marti überlegte. »Höchstens, wenn ich krank werde.«

Rosa riss die Hände in die Höhe. »Nein, bitte! Verschrei' das nicht.«

Marti wandte sich seinem Laptop zu. »Leg dich

hin, Schatz, morgen sieht die Welt schon anders aus.«

»Und du? Was machst du?«

Marti gähnte. »Ich halte Wacht!«

43

Marti sah schon von Weitem, dass etwas nicht in Ordnung war. »Am besten wird es sein, du sagst deine Termine heute ab. Du kannst ja gar nicht reden!« Rosas Hals war dick und tat weh.

»Hmmhm, kannst du das bitte für mich übernehmen?«, krächzte sie zurück.

Ein Tag für mich, welches Geschenk, dachte Rosa nach einer Weile. Der Hals tut zwar weh, aber die Müdigkeit ist besser heute. Was fang ich denn an mit dem unverhofften Zeitgeschenk? Sicherlich nichts aufarbeiten, alte Rechnungen schreiben oder so. Was könnte ich tun?

Sie entschloss sich, ein Bad einzulassen. Nachher würde sie noch mal zurück ins Bett schlüpfen und ausdampfen.

Rosa dachte an den Aufwand, den es erforderte, den verplanten Tag freizubekommen (immerhin mussten alle Beteiligten rechtzeitig erreicht werden), an ihre Klienten, die sich darauf eingestellt hatten (und sicher enttäuscht waren), und dann daran, dass sie an den Tagen, an denen sie nicht arbeitete, auch nichts verdienen würde. Sie überlegte erneut. Aber wenn ich heute übertreibe, werde ich wirklich krank, dachte sie. Eigentlich ist es ein Segen, wenn nur die Stimme versagt! Malen werd ich heute noch können. Sie spürte eine leichte, freudige Aufregung beim Gedanken daran. Bis dahin würde sie seelisch abtauchen in ein Weichzeichnerbild und sich wieder auftanken. *Das* konnte sie, und wie.

44

Nimm das noch! Und das! Ja, jetzt aber … Rosa war in Fahrt gekommen. Heute sollte es zur Sache gehen, da hatte Maria nicht zu viel versprochen.

Für das ›Hättest was Gescheites gelernt‹ nimm den, und für das ›Red weiter‹ zu deinen Patienten, während du telefonierst, den!

»Hey, da tut sich ja was bei dir!« Maria kam näher, angezogen von der kraftvollen Dynamik, die Rosa auf ihre Leinwand brachte.

»Dein Stil erinnert mich an Prachensky! Diese Dynamik, und die Farbauswahl, ziemlich originell!«

»Danke.« Rosa streifte sich mit dem Ärmel eine Haarsträhne aus dem verschwitzten Gesicht. »Das Beste aber ist«, keuchte sie, »es kommt raus aus dir! Retournons à la peinture!«

Maria klopfte ihrer Freundin auf die Schulter und lachte innerlich. Besser hätte sie es auch nicht formulieren können.

45

Nach dem zweiten Abend blieb Rosa noch sitzen, bis alle gegangen waren. Maria zog sich eine Jacke über und ging auf die Terrasse. Sie wollte rauchen und Rosa folgte ihr. »Du, an wen hast du heute gedacht, bei deinem Bild?«, begann Maria das Gespräch und hielt der Freundin das offene Päckchen hin.

»Nein, danke«, antwortete diese und fuhr fort, »na …, an diesen Möchtegern-Guru aus unserer Anfangszeit. ›Ich bin der Psychotherapeut und ihr nur Psychologen. Hättet's was G'scheites gelernt‹.«

»Verstehe! Hätte nur noch gefehlt, ›von Gottes Gnaden‹«, ergänzte Maria und zog an ihrer Zigarette.

»Gar nicht so weit daneben, der ist in die Übergangsbestimmung reingerutscht.« Rosa holte einen Kaugummi aus ihrer Jackentasche.

»Und ohne Matura, oder?« Maria blies den Rauch aus. War das, was sichtbar wurde, Rauch, oder war es schon so kalt?

»Allgemeinbildung wird ja heutzutage völlig überschätzt!«, feixte Rosa.

Maria nickte, sie kannte die Szene. Sie war froh,

Rosa zur Freundin zu haben. Mit ihr konnte sie bereden, was gerade anlag. Das waren nicht immer honigsüße Geschichten. Wie auch? Schließlich spielten sie im echten Leben.

»Und das hat dich so inspiriert?«, fragte sie weiter.

»Offenbar. Da war auf einmal so eine Kraft da. Ich musste sie nur zulassen. So etwas wie ein gesunder Zorn, verstehst du?«

»Ich kenn das von mir«, gestand Maria.

Rosa fuhr fort, es sprudelte förmlich aus ihr heraus. »Noch jetzt bin ich ganz … ich selber, wenn ich daran denk. In jeder Faser spür' ich – mich! Ich kann's nicht anders sagen, als dass ich gemerkt hab, wer ich bin, wo ich steh und dass niemand mir mehr ans Bein pinkeln kann. Verstehst du?« Sie spuckte den Kaugummi in den Ascher. »Weil ich es nicht mehr zulasse, basta!«

»Scheint ein tolles Gefühl zu sein!«

»An diese Malgeschichte könnte ich mich gewöhnen«, sprach Rosa und ging wieder hinein. Es war empfindlich kühl geworden.

46

»Komm, auf dein erstes Werk, lass uns den passenden Wein aussuchen!« Sie waren noch in die Vinothek gefahren, um Rosas erste Mal-Erfahrung gebührend zu feiern.

»Das muss ein Roter sein, ein gehaltvoller«, antwortete Rosa. »Entweder eine Cuvée oder ein Eisenhaltiger.«

»Du meinst, vom Eisenberg?« Maria war schon neugierig, wie die Freundin ihre Gefühle in Wein transponieren würde.

»Möglich, ich denk da aber eher an eine Cuvée vom Schloss Halbturn, die ich einmal probiert habe. Die war herrlich. Wie hieß die nur?«, kramte Rosa in ihren Erinnerungen.

»Meinst du etwa den Imperial?«

»Ja, jetzt erinnere ich mich wieder. Von dem muss ich noch eine Flasche zu Hause haben.« Rosa war sichtlich erfreut, dass sie nicht allein weitersuchen musste.

»Nach allem, was du mir erzählt hast, finde ich den Wein zu elegant dafür. Der schmeckt mehr französisch.«

»Und mein Bild ist kraftvoll, weniger elegant.

Da ist was dran«, überlegte Rosa, mit den Fingern auf die Tischplatte trommelnd.

Maria kam sich vor wie der Assistent von Sherlock Holmes, Doktor Watson. Beide waren sie einem gewichtigen Ereignis auf der Spur. Wo hatte es stattgefunden und wer hatte es produziert? Sie überlegte kurz: »Eisenhaltig ist gut. Ein Vinum Ferreum vielleicht?«

»Möglich«, antwortete Rosa zögernd. »In Badersdorf habe ich einmal einen getrunken, abends in einer Schenke, mit Blick auf den dunklen Berg mit seinen Lichterln, bis nach Ungarn kannst du da sehen …«

»Ja, und was war das für ein Wein?« Maria war durstig und wollte die Suche vorantreiben.

»Das weiß ich nicht mehr.« Rosa überlegte. »Zu traditionell sollte er auch nicht daherkommen. Ein Blaufränkischer, ja, aber modern ausgebaut.« Sie tippte in die Tasten ihres Wundertelefons. »… schlank und rassig, frisch, duftig und transparent, und dabei kraftvoll und zupackend.«

»Genau, der muss es sein, Roserl, was meinst du?« Maria war dabei.

»Dann muss es ein Schiefer sein, Königsberg klingt gut.« Rosa war zufrieden.

»Alles schön und gut«, warf Maria plötzlich ein. »Nur, wo kriegen wir den heute Abend um dreiviertel acht noch her?«

Rosa hüpfte vom Barhocker. »Auf zur Kathedrale! Die Mitzi liest uns die Messe noch bis acht.«

Maria wusste, was das hieß: Auf ins Weinwerk!

47

»Wie war dein Krankenstandstag?« Marti war froh, die schwere Eingangstür hinter sich schließen zu können. Es war schon gegen Mitternacht.

»Gut«, antwortete Rosa wahrheitsgetreu. Sie hatte es sich gemütlich auf dem Sofa eingerichtet. Die Katzen waren heute schon schlafen gegangen. Auch für sie schien es diese besonderen Tage zu geben.

»Warst du ganz allein heute?«, fragte Marti mit einem Anflug schlechten Gewissens.

»Rosi allein zu Haus? Nein, ich war spielen bei Tante Maria!« Rosa war gut gelaunt.

»Dir geht's wieder besser, nicht nur deiner Stimme. Da bin ich froh!«

Rosa hatte sich aufgesetzt: »Du fragst heute gar nicht nach meinem ›Oeuvre‹?«

»Wieso, warst du etwa beim Malen?«

»Ja, und ich habe ein wundervolles, kraftvolles Bild komponiert!«, verkündete Rosa.

Marti war erfreut und ungeduldig zugleich: »Na dann, bitte her damit!«

»Das steht noch bei Maria zum Trocknen. Aber vielleicht sind die Acrylfarben morgen schon so weit, dass ich es heim nehmen kann!« Rosa ließ sich wieder nach hinten in die Kissen sinken, die Arme weit ausgebreitet.

»Dann hängen wir's auf«, meinte Marti. »Wo passt es denn hin, was meinst du?«

»Überall«, antwortete Rosa spontan. »Es ist so speziell und originell, dass es egal ist, wo du es hinhängst. Glaub mir, es ist überall gewöhnungsbedürftig!«

»Dass du, wenn du malst, etwas Besonderes machst, war mir klar. Mit einer Susi-und-Strolchi-Abstraktion habe ich nicht gerechnet.«

»Obwohl, das klingt nicht unoriginell.«

»Wie sieht's mit der Farbwahl aus?«, wollte Marti wissen.

»Es ist türkis und rosa. Hier!« Sie hielt ihm ihr Handy vors Gesicht.

»Na bum!«, entfuhr es Marti.

Das ist doch mein Ausspruch für unerwartete Augenblicke, dachte Rosa. Offenbar hatte sie Marti wirklich überrascht.

»Und, wie war's bei dir?«

»Ach, turbulent. Ich freu mich schon auf nächste Woche, wenn wir uns über die Häuser hauen, das heißt doch so?«, fragte der Finne Marti.

»Ein bisschen mehr wie bei ›Heiserkeit‹«, riet Rosa. »Die Wiener sagen ›üba die Heisa haun‹, aber vom Sinn her passt's«, lobte sie ihn. »Minäkin!« Das war finnisch und bedeutete: ›Ich mich auch!‹

48

»Wir sollten uns mit Anastasia treffen, zu dritt!« Es war Maria, die diesen Vorschlag machte.

Rosa saß im Wintergarten mit einer Tasse Tee, vor ihr lagen die Unterlagen für einen Vortrag, den sie noch ausarbeiten musste. ›Das Unvorhersehbare in der psychologischen Therapie von Männern in der Midlife-Crisis‹ war der Titel.

Sie schaltete das Telefon auf Lautsprecherfunktion. »Ja, okay, mach was aus. Du weißt eh, an welchen Tagen ich abends kann!«

»Ab dem Wochenende bist du weg, stimmt's?« Es hieß, sich zu beeilen, wenn sie das Treffen noch vor Rosas Urlaub ansetzen wollten.

»Der Freitag würde gehen, sogar schon am Nachmittag. Den hab ich mir freigehalten zum Kofferpacken und Katzenstreicheln.«

»Okay, verstehe. Soll das ein unterschwelliger Angriff auf meine Betreuerinnentätigkeit sein?« Maria meinte es nicht wirklich ernsthaft.

»So gut wie bei dir, Maria, haben sie es nicht mal bei uns«, stellte Rosa klar. »Fehlen werden sie mir. Besonders der Kleine.«

Rosa erinnerte sich an den Anruf der Tierärztin: »Hallo, Frau Talbot, Sie haben sich angemeldet für ein Kätzchen. Jetzt hätten wir eins da. Sie müssten aber gleich kommen und es abholen.«

Rosa war gerade in der Praxis gewesen und zwischen zwei Terminen. Sie konnte nun nachfühlen, wie sich Adoptionswillige fühlen mussten nach einem Anruf von der Vergabestelle. Sie klebte einen Zettel an die Praxistür und machte sich auf schnellstem Weg auf zur Tierärztin.

Schon als sie bei der Tür hineinstürmte, sah sie es: eine Handvoll Leben, maunzend und behaart. Über die Maßen behaart!

»Hier, Frau Talbot, bitte sehr. Ein Katzenmädchen, acht Wochen, Findelkind. Europäisch Langhaar. Entfloht und entwurmt. Können Sie gleich mitnehmen.« Mit diesen Worten war die Tierärztin auf sie zugekommen. Sie dürfte in ihrem Alter gewesen sein. Eine blonde Frau mit Lesebrille auf der Nase, über die sie von Zeit zu Zeit neckisch drüberblickte. Sie wohnten nicht weit voneinander entfernt, trotzdem war sie Rosa nie vorher aufgefallen. Klar, sie hatte ja kein Haustier, wozu sollte sie also ihre Vormittage im Wartezimmer der Tierärztin verbringen. Das würde sich ab nun ändern.

Ehe sich's Rosa versehen hatte, war das maunzende Fellbündel in ihren Armen gelandet. Wie sie die Kleine angeschaut hatte, so rührend vertrauensvoll, begleitet von einem Miauen mit leicht nervigem Unterton: »Gehen wir endlich!«

Da war es um Rosa geschehen.

Die kleine Bubba Lillian, wie sie in der Minute getauft worden war, hatte *sie* angenommen als ihre Katzenfutterbesorgerin, Kisterlausräumerin und Durchsfellbürsterin.

Was für ein Glücksfall!

Was für ein Glückstag!

Lobet den Herrn!

Wer schon einmal einer Katze Unterschlupf gewähren durfte, weiß, wie Rosa sich gefühlt hatte.

Auserwählt!

Wenn Menschen Probleme mit Katzen hatten, dann nur deshalb, weil sie sich einbildeten, die Katze wäre Gast und sie selbst hätten die älteren Rechte. Alle Probleme wie Pfützchen, zerkratzte Möbel oder Krallenangriffe gründeten auf diesem fundamentalen Missverständnis!

Rosa wusste Bescheid, denn sie hatte Lehrmeister Lumpazi beheimaten dürfen, und der hatte ihr gezeigt, wo *er* wohnte (auf dem Sofa und in ihrem Bett) und wo *sie* wohnen durfte (woanders).

Nie zuvor hatte Rosa ein solch haariges, liebevolles Tier beherbergen dürfen wie Lillian aus der Bubba-Familie. Lillian war gut zu ihr.

»Wie kommst du nur auf so einen Namen?«, hatte Marti gefragt, als sie einander abends vorgestellt wurden.

»Wieso? Lillian ist doch schön. Es hat aber noch etwas gefehlt: ein Familienname.«

»Hm.«

»Ich kann sie ja schlecht Talbot oder Virtanen nennen. Da hat sie mir ins Ohr geschnurrt, dass sie Bubba heißen will«, hatte Rosa zu erklären versucht. »Wie der Kaugummi, der so große, rosa Blasen macht. Ich finde das gut.«

Marti hatte sich geräuspert und gefragt: »Apropos Familienname: Bin ich jetzt der ›Bubba Marti‹?«

»Wenn du willst. ›Bubba Papi‹ ginge auch.« Rosa war begeistert gewesen, dass er so mitdachte …

Mit »Nein danke, so pervers bin ich auch wieder nicht«, hatte Marti seinen Rückzieher gestartet. »Wer weiß, dann verlangst du noch von mir, dass ich dich ›Bubba Mami‹ nenne in der Öffentlichkeit!«

»Gut möglich. Du kennst mich wohl schon!«

Zärtlich hatte Rosa daraufhin ihren Marti in den Arm genommen und versprochen: »Keine Sorge, du bleibst mein Straßenkater Nummer eins.«

Bubba Lillian war also herangewachsen und hatte sich zu einer richtigen Schönheit entwickelt. Innen wie außen. Wenn die Katzen vor ihr, Pippi Langstrumpf und Lumpazi, die Vagabunden verkörpert hatten, war Lillian die personifizierte Prinzessin. So ein Glücksfall musste vermehrt werden, das stand fest. Zumindest für die Katzen-Mutti.

»Was machen wir dann mit den Kleinen? War doch Lillian schon ein Findling.« Papi war nicht begeistert gewesen.

»Ich werde die Katze im Internet präsentieren und erst, wenn wir acht Interessenten haben, darf sie sich einen Liebhaber aussuchen.« Rosa hatte alles genau überlegt.

»Du lässt sie dann mit jedem x-beliebigen, räudigen Kater zusammenkommen?«, hatte Marti überrascht geantwortet.

»Die haben die besseren Gene. Mehr Spaß bringt es ihr außerdem als mit so einem überzüchteten Schnösel.«

»Bleib am Boden, Schatz. Wir reden über Katzen.«

»Und die haben keinen Spaß beim Vermehren?«

»Du hast wohl noch keine Katzen beim Akt gesehen«, Marti hatte überrascht geklungen, »also, sehr lustig sieht das nicht aus, wenn sie sich gegenseitig die Augen auskratzen.«

»Wir können sie ja in-vitro-fertilisieren lassen, damit ihr kein Verehrer das Lang-Haar krümmt!«

»Stell einmal ein Foto ins Netz, und dann sehen wir weiter.«

Für Marti war die Geschichte erledigt gewesen. Wer, bitte schön, würde sich im Internet für eine Katzenschwangerschaft voranmelden? Wo die Welt voll war mit Katzen, die keiner haben wollte.

Zu der Anzeige war es nicht gekommen. Erstens, weil Bubba Lillian ihre Eltern nicht gefragt hatte, ab wann sie sich vermehren hätte dürfen, und zweitens, weil bis zur Niederkunft bereits fünf Katzeneltern in spe angeheuert hatten.

»*Ein* Kätzchen behalten wir aber!«, hatte Rosa irgendwann gemeint.

Marti war hart geblieben. »Nur, wenn eines übrig bleibt.«

So war es denn auch gewesen. Als sechstes (Rosa war schon zum Einkaufen gefahren, so lange dauerte die Niederkunft), hatte Bubba Billian das Licht der Waschküche erblickt.

Endlich war die Bubba-Familie komplett gewesen. Der Kleine musste nie ausziehen oder von seiner Mutter weg. Er ging abends von selbst schlafen, an den Platz, an dem er geboren worden war.

Er kuschelte sich an seine Erzeugerin und ließ sich die Ohren putzen.

Je älter er wurde, desto mehr revanchierte er sich bei seiner Mutter für ihre Fürsorge, indem er sie überall ableckte, wo sie selbst nicht hinkam. Manchmal putzten sie sich gegenseitig die Köpfchen.

Die beiden tobten durch die Wohnung, durch den Garten und brauchten keine menschlichen Statisten oder Fellmäuse aus dem Supermarkt. Sie holten Vögel von den Bäumen, Lillian machte es vor, Billian machte es nach. Sie gruben Maulwürfe aus, Lillian zeigte es vor und Billian lernte schnell.

Bald war aus dem Kleinen ein draufgängerischer Kämpfer geworden. Lag es an seiner Jugend – oder waren es die Hormone?

»Ach Gott, den Kleinen müssen wir kastrieren lassen, hat die Tierärztin gesagt.« Rosa nahm ihren Terminkalender zur Hand.

»Warum?«, kam es aus Martis Ecke. Rosa kannte keinen Mann, dem es nicht irgendwie naheging, wenn sein Haustier entmannt werden sollte.

»Muss das sein?« Es ließ ihm keine Ruhe.

»Ja, sonst läuft er weg oder kommt um, im Kampf!«, entgegnete Rosa.

»So dramatisch wird es schon nicht sein, sonst gäbe es keine Katzen mehr! Wenn die Kastrierten fett in der Wohnung herumsitzen und die Unkastrierten in ihr Unglück rennen ...«, entgegnete Marti. »Wer würde dann all die Streunerkatzen zeugen?«

49

Rosa freute sich, wenn spontane Treffen ins Haus standen. Und wenn genug Zeit blieb, eventuelle Bubba-Büschel einzusaugen, noch mehr. Eine klitzekleine Vorbereitungszeit war perfekt. Pixie und Ronnie hatten sich angesagt. Ich werde uns lecker bekochen!, war der Plan.

»Schotzl, wir bekommen heute Gäste. Pixie und Ronnie kommen vorbei.«

»Schön, was kochst du?«, antwortete Marti in Vorfreude.

»Paprikahendl!«

»Nicht schon wieder. Mach doch mal was anderes!«

»Ich kann ohne Paprika nicht kochen.«

»Dann koche ich, asiatisch!«

Marti kochte selten und wenn, dann asiatisch. Das kam gut. Schwitzender Koch vor brüllend heißer Pfanne, der mit seinem Riesenmesser winzig kleine Zutatenteile fabrizierte und sie in null Komma nichts von einer Kochzeit publikumswirksam auf den Tisch jonglierte. Männeressen.

Direkt bieder kam da ein paprikarotes Suppenhendl daher, das stundenlang am Herd vor sich hin geschmurgelt hatte. Omaessen.

Rosa willigte ein, denn erstens musste der Koch rechtzeitig zu Hause sein, und zweitens hatte sie damit keine Arbeit und konnte in der Zwischenzeit Zehennägel lackieren, ein Vorhaben übrigens, das sie schon seit dem Sommer verfolgte.

»Nur herein!«

»Schön, euch zu sehen.«

»Hm, hier riecht's ja schon gut nach …« Ronnie reckte die Nase in die Höhe und versuchte herauszufinden, was seine Geruchsnerven kitzelte.

»Sesamöl, angebranntem«, half ihm Rosa auf die Sprünge. Ihre Stimme klang kratzig.

»Was kocht ihr denn?

»Marti hat den Wok aktiviert, du weißt schon.«

»Mhh, fein. Ich war eh schon lange nicht mehr beim Chinesen.«

»Ich auch nicht. Da kannst du ja gar nicht mehr hingehen.« Mehr wollte Rosa dazu im Moment nicht erzählen.

Während sie Glasnudeln schlürften und Gemüsestreifchen mit Stäbchen bezwangen, eröffnete Pixie das Gespräch.

»Wir waren letzte Woche wieder im Haus, herrlich, ich sag's euch, ein Traum. Die Urlauber sind weg und die Insel atmet wieder! Gelbe Blüten, so weit das Auge reicht, dazwischen diese feuchte, rote Erde.«

»Die Bauern ernten Orangen und Mandeln, das musst du gesehen haben.«

»Klingt fantastisch. Warum wollt ihr dann verkaufen?«

»Wir haben uns entschlossen, ein Penthouse in der Innenstadt zu kaufen. Da wollen wir uns nicht verzetteln, verstehst du?«

Rosa sah Marti an, Marti sah weg.

»Wenn ich das Geld hätte, ich würde sofort zuschlagen!«, hörte Rosa sich sagen. »Hab ich aber leider nicht.« Sie hüstelte, was war nur mit dem Hals los in der letzten Zeit. Beim Schlucken tat es manchmal höllisch weh.

Marti sah auf seine Schuhspitzen: »Ein bisschen was hab ich schon, aber ich weiß, was ein Haus am Strand und in dieser Lage kostet. Da müssten wir noch lange sparen, Rosi.« Er holte Luft und fuhr fort: »Ich lebe gern im Hier und Jetzt. Sparen ist so gar nicht meins.«

»Nichts für ungut. Wir wollten euch nur gefragt haben. Dann übergeben wir's dem Makler.« Pixie aß gemütlich weiter.

»Ihr habt es dem Makler noch nicht übergeben?« Rosa sah vom Tisch auf.

»Jetzt ist tote Hose, die Immobilienverkäufe starten erst wieder im März«, erklärte Ronnie. »Es will ja keiner ein Haus durch den Winter bringen.«

Also habe ich noch Zeit, dachte Rosa und war ein wenig irritiert ob ihres Gedankens. Sie war nicht Wickie, dass sie sich nur an ihrer Nase zu reiben brauchte und schon war die rettende Idee für alle Lebenslagen gefunden! Vielleicht fiel ihr bis März aber doch noch etwas ein ... Trost spenden konnte so ein Gedanke allemal.

»Was hast du geglaubt, Rosa«, fragte Marti, als die Gäste gegangen waren, »dass wir uns ein Haus am Meer kaufen können, nur so, falls wir einmal unsere Ferien dort verbringen möchten? Weißt du, was das an Nebenkosten bedeutet, das ganze Jahr über? Und da bist du noch nicht mal einen Tag dort.«

»Jetzt redest du wie ich immer!«, antwortete Rosa.

»Vielleicht lerne ich von dir? Keine Verpflichtungen!«

»Und warum schauen wir uns dann Häuser an und Villen und Appartements?«

»Weil es Spaß macht, Baby. Weil es Spaß macht, sich vorzustellen, wie es wäre, dort zu wohnen ...«

»Ich will aber dort wohnen!«

»Aber dann macht es keinen Spaß mehr, glaube mir!« Marti kam in Fahrt. »Wir hatten ein Ferienhaus auf Sylt und meine Familie verbrachte jeden Sommer dort. Jedes Jahr, jahrein, jahraus. Da musste eine Woche geputzt und hergerichtet werden, durchgebrannte Glühbirnen erneuert, die Abflüsse …«

»Jaja, es reicht.« Rosa war zu wenig an Haushaltsfragen interessiert, um Martis Schilderungen länger zuzuhören. Sie hatte schon verstanden: Er wollte nicht.

»Weißt du, Rosa, ich will nicht müssen, ich will wollen dürfen!«

Rosa griff sich an den Hals. Es tat jetzt weh beim Schlucken.

50

»Was habe ich?« Rosa blieb der Mund offen. Sie glaubte, noch im Bett zu liegen und zu träumen. Wie sie es sich vorgenommen hatte, war sie gleich in der Frühe und nüchtern zu Markus, ihrem Hausarzt, gepilgert, um sich in den Hals schauen zu lassen. Wahrscheinlich brauchte sie wieder ein paar Kügelchen Schlangengift. Markus hatte ihr am Hals herumgedrückt, in Augen und Mund geschaut und sie abgehorcht, alles wie immer. Dann hatte er geschmunzelt. »Du hast das, was amerikanische Jugendliche bekommen, wenn sie erstmals in der Highschool herumschmusen.« Er grinste. »Deshalb heißt die Krankheit auch ›Kissing Disease‹. Sie wird durchs Küssen übertragen.«

»Nein, das gibt es nicht!«, antwortete Rosa gelassener. »Dafür bin ich doch schon viel zu alt.«

»Klar, wir müssen noch einen Bluttest machen, aber deine angeschwollenen Drüsen sprechen eine deutliche Sprache. Ist dir das nicht aufgefallen? Die Knoten am Hals sind so groß wie halbe Daumen.«

»Nein, nicht wirklich.« Rosa überlegte. »Aber Marti geht es doch gut. Der müsste deiner Theorie nach ja auch betroffen sein?«

Rosa beschlich in diesem Moment ein seltsames Gefühl. Der eigenartige Glatzkopf hatte sie geküsst, an dem Abend mit dem Wett-Lullen! Was, wenn er sie angesteckt hatte? Aber das war sicher viel zu lang her.

»Wer sonst hätte mich schon anstecken sollen?«, hatte da bereits ihren Mund verlassen.

»Du, Rosa, ich bin dein Arzt. Ich sage nur, dass das Virus mit dem Speichel übertragen wird, sonst nichts, und dass es bis zu sieben Wochen dauern kann, bis sich erste Symptome zeigen. Meist fühlt man sich schlapp und hat Halsweh. Alles andere ist deine Sache.«

Sie nickte. »Und was machen wir jetzt?«

»Vier Wochen Schonung. Die ersten zwei Wochen solltest du dich nicht anstrengen, danach kannst du wieder langsam spazieren gehen. Aber warten wir noch den Bluttest ab.«

»Darf ich inzwischen raus?«

»Ja, aber ohne Küssen!«

»Na, du bist mir ein prüder Arzt. Aber ich werde mich zusammennehmen«, versprach Rosa und verabschiedete sich.

Na bum. Das auch noch. Manchmal kam einfach alles zusammen.

An diesem Abend hatte Rosa keine Lust auf Gesellschaft. Marti war sowieso weg, wo genau, wusste sie nicht. Sie schaltete das Telefon ab und setzte sich zu den Katzen aufs Sofa. Eine Tasse Thymiantee stand bereit.

Irgendetwas gefiel ihr nicht an der Atmosphäre im Raum. Sie stand auf und löschte alle Lichter bis auf eine Stehlampe. Es war ungewöhnlich düster, nur ein kleiner Lichtkegel war auf die Decke gerichtet.

Was, wenn sie ernstlich krank war? Hatte sich ihr Unzufrieden-Sein etwa schon in einer Ecke ihres Körpers eingenistet? Sie nahm einen Schluck Tee. Und, wie würde *sie* weiterleben als Kranke? Aus der Praxis kannte sie verschiedene Möglichkeiten, wie Menschen reagierten, nachdem sie erfahren hatten, schwer krank zu sein. Die meisten blieben in ihrem Lebensraum, wollten es nicht anders. Sie überlegte. Nein, das würde *sie* nicht wollen …

So verloren hatte sie sich schon lang nicht mehr gefühlt. Wochenlange Schonung, ein Witz, dachte sie. Das kann ich mir nicht leisten! Sie musste schleunigst einen Weg finden, damit sich alles wieder in Wohlgefallen auflösen konnte. Schließlich war sie ja auch Vorbild für ihre Patienten! Ach, dieser Gedanke schon wieder …

Sie griff sich an den Hals, ein stechender Schmerz war zu spüren. Da wird's wieder losgehen, dachte sie, wissend, wie gern die Leute allerlei herumtratschten. Sie waren am Land und nicht in der

Anonymität der Großstadt! In den meisten Fällen war es ihr egal, ob und was die Leute über sie redeten. Manchmal war es direkt amüsant zu erfahren, was sich Menschen alles zusammenreimen konnten.

An Tagen wie heute aber, wo sie sich dünnhäutig und verletzlich fühlte, fiel ihr so manche fiese Geschichte wieder ein. Etwa, dass sie nicht verheiratet seien, weil sie Marti zu anstrengend sei oder dass sie in Wahrheit eine Scheinbeziehung führten … Ja, manche Geschichten gingen unter die Gürtellinie.

Zimperlich durfte man nicht sein, wenn man kursierende Tratschgeschichten nicht weitererzählte. Das ließ einen suspekt erscheinen.

Rosa war bislang der Meinung, dass nur über Leute geredet wurde, die von Interesse waren. Über uninteressante Menschen wollte schließlich keiner etwas hören! Aber heute, heute spürte sie, wie weh ihr die Bosheit dahinter tat.

Müde schlich sie die Stufen hinauf. Die Katzen liefen voraus. Ich sollte mir selbst tiefe Entspannung gönnen, dachte sie und kroch ins Bett.

51

Rosa war unterwegs zur letzten Malstunde. Welche Farbe sie wohl heute ansprechen würde?

Am Weg hörte sie die Mailbox ab. Eine Nachricht von Marti, sie solle sich bei Markus melden. Das konnte interessant werden, dachte sie, während sie die Nummer eintippte.

»Hi, Markus, was gibt es Neues?«

»Gut, dass du anrufst, Rosa. Ich kann dir Entwarnung geben für ›Kissing Disease‹ … Und die anderen Werte sind auch nicht schlecht. Aber es ist wohl irgendwas am Laufen bei dir.«

»Ja, Markus, passt schon, ich weiß.« Stammelte Rosa und blies die Luft aus den Wangen.

»Sei gut zu dir! Das muss ich dir als dein Arzt sagen. Und übernimm dich nicht! Was soll ich dir sagen? Gesundheit ist nicht allein die Abwesenheit von Krankheit, das weißt du bestimmt selbst!«

»Passt. Bussi, schönen Abend noch.«

Rosa ließ in Gedanken die müden Spaziergänge und die wärmenden Hühnersuppen los. Da hatte sie Glück gehabt, nur irgendwie nicht ganz gesund zu sein. Sie betrat Marias Wohnung und malte sich in der Folge die Erleichterung von der Seele. In

Gold, Rosa und Grasgrün. Der letzte Abend mit Malen war damit vorbei.

»Ich will wollen dürfen und nicht müssen, oder wie?« Maria hielt kurz inne. »Das hat Marti zu dir gesagt?« Sie sortierte die Farben zurück ins Regal. Die anderen Kursteilnehmer waren bereits gegangen.

»Deshalb seid ihr wohl nicht verheiratet«, stellte sie fest.

»Nein, das liegt an mir. Ich wollte nicht heiraten«, antwortete Rosa und begann, ihr beim Einräumen zu helfen.

»Na, da passt ihr ja prima zusammen, ihr zwei!«

»Maria, was soll ich jetzt tun?« Rosa wurde zögerlich und schnappte sich Königsblau.

»Mit jemand anders das Haus kaufen. – Scherz!«

52

Es läutete. Es war schon gegen zehn Uhr und Rosa hatte es sich mit den Bubbas bereits gemütlich eingerichtet. Sie war erstaunt, ihre Schwester unangekündigt in der Tür stehen zu sehen. So etwas kam selten genug vor. »Clara, Schwesterherz, grüß dich!«

»Hallo, Rosa, hast du Zeit?« Clara ließ ihre dunkle Sonnenbrille auf. Sie wird doch nicht geweint haben, durchfuhr es Rosa.

»Klar doch, komm rein«, antwortete sie und trat zur Seite.

»Ich war gerade spazieren und hab gedacht, ich läute mal an«, begann Clara mit schwankender Stimme. Im Lügen war sie noch nie besonders gut, das musste in der Familie liegen, dachte Rosa.

»Setz dich. Ich hol uns was zu trinken!« Rosa entschwand in die Küche. »Was magst du?«, rief sie von dort.

»Och, etwas Warmes wäre fein. Draußen ist es schon recht herbstlich«, antwortete Clara und ließ sich steif auf einen Stuhl am Esstisch nieder.

»Eine heiße Schokolade? Die mochtest du doch immer gern.«

»Ja, wenn es dir nicht zu viele Umstände macht!« Clara war höflich wie schon lange nicht mehr.

Als Rosa mit den dampfenden Getränken zum Tisch kam, versuchte ihre Schwester, ein Gespräch zu beginnen. Zaghaft vorerst, es fiel ihr nicht leicht, jemanden um Rat zu fragen.

»Rosa, du kennst dich da ja aus … ich meine, du hast ja so Fälle …also nicht, dass wir ein Problem in der Familie hätten …«

»Was ist los, hm?« Rosa war erstaunt und auch ein klein wenig gerührt, dass die Schwester ihr Einblicke in ihr Seelenleben gewähren wollte. Da musste sich einiges angesammelt haben.

»Der Günther ist so komisch in der letzten Zeit.«

»Wie, komisch?« Rosa zog die Stirn in Falten.

»Er kommt spät nach Hause, hat getrunken, ist mal lustig, mal gereizt. Wenn ich ihn im Versicherungsbüro anrufe, hebt er nicht ab und ruft erst Ende der Mittagspause zurück. Manchmal vergisst er es auch ganz.«

»Hast du mit ihm drüber gesprochen?«

»Ich hab ein bisschen gestöbert in seinen Taschen. Ich habe mir gedacht, vielleicht erfahr ich da etwas…«

»Oh, oh … Und, hast du etwas erfahren?«

»Ich habe Visitenkarten mit Telefonnummern gefunden, mehrere.«

»Und von wem waren die?«

»Von Frauen in Bars.«

»Woher weißt du das so genau?«

»Weil ich angerufen habe, mit unterdrückter Nummer. Da hat sich dann eine Bar-Lulu oder ein Freizeitclub-Rosi gemeldet.« Einen Moment herrschte Stille. Dann fuhr Clara fort: »Ich habe Angst, Rosa. Ich glaube, Günther geht zu solchen Frauen.«

»Du meinst, er geht zu Huren.«

»Mein Gott, ja, wahrscheinlich läuft es darauf hinaus.« Clara kämpfte innerlich mit sich.

»Ach, Clara.« Rosa ging auf die Schwester zu und diese versank in der angebotenen Umarmung.

»Ich mach dich noch ganz voll Schminke!«, weinte sie. Ihre heile Welt hat einen Riss bekommen, dachte Rosa.

53

»Gerade Günther, dieser farblose Typ!«, maulte Rosa.

»Es sind immer die, denen du's nicht zutraust!« Marti war nicht wirklich überrascht, als Rosa ihm von ihrem Besuch erzählte.

Endlich gab es eine Geschichte, die tragisch war *und* die sie erzählen durfte. Rosa hatte sich angewöhnt, absolut nichts aus der Praxis zu erzählen, auch keine anonymisierten oder verfremdeten Geschichten. Es war leichter so.

»Günther, der brave Schwiegersohn, der erfolgreiche Manager, der langweilige Erbsenzähler! Was macht der bei einer Hure? Das will ich mir gar nicht vorstellen«, fuhr Marti fort.

»Vielleicht stimmt's ja gar nicht. Du glaubst nicht, wie viele Männer nicht nur aus dem einen Grund in so ein Etablissement gehen.«

»Klar, zum Schachspielen vielleicht. Rosa, sei nicht so gutgläubig.

Günther, der Knauserer, zahlt keine Flasche Schampus nur zum Plaudern.«

»Was sollen wir jetzt tun?«

»Ich werde mich einmal zusammensetzen mit

meinem Schwager. Ein Gespräch von Mann zu Mann schadet sicher nicht.«

»Lad ihn zum Essen ein, da sagt er sicher nicht nein«, schlug Rosa vor und kraulte ein Katzentier.

54

Rosa schickte eine SMS durch die Runde: ›Ich halt's nicht so lang aus ohne euch! Treffen wann und wo? Lg R‹

Morgen würde sie schon in Afrika sein, aber heute war sie noch hier. Wie gut das funktioniert, dachte sie beim Piepen ihres Handys. Zeit und Ort waren schnell ausgemacht und schon konnte sie sich auf den Abend freuen.

Ach, davor treffen wir uns ja mit Anastasia, das hätte ich jetzt fast vergessen! Rosa griff zum Hörer.

»Hallo, Anastasia, wir sehn uns ja heute noch. Sag, *wo* hast du noch mal mit Maria ausgemacht?«

»Grüß dich, Rosa. Du, heut geht's nicht«, erklang es von der anderen Seite.

»Warum nicht? Es war doch fix ausgemacht.«

»Das ist eine lange Geschichte, aber ich kann wirklich nicht.«

»Mh, schade. Wieso hast du dann nicht abgesagt?«

»Ja, es ist mir etwas dazwischengekommen, eigentlich *jemand* dazwischengekommen, hihi!« Jugendliches, ein wenig beschämtes Gekicher drang an Rosas Ohr. Nach einer kleinen Pause fuhr Anastasia fort: »Ich kann's dir ja sagen. Gestern Abend ist mir jemand über den Weg gelaufen, du verstehst?«

»Und da kannst du dich heute nicht mit uns treffen?«

»Das verstehst du doch, Rosa, wenn ich heute Abend schön essen gehen will, muss ich vorher zum Friseur!«

»Viel Spaß beim Haar-Coach!« Rosa legte auf. Das war ja wieder typisch Anastasia. Einmal musste sie einen Abend mit Wagner-Opern verbringen, das brauchte sie gerade. Ein andermal wollte sie beim Telefonieren die Leitung nicht blockiert haben, nur für den Fall, dass *er* anrufen würde. Und das in Zeiten, wo angeklopft und geroamt werden konnte.

»Vielleicht wollen *wir* mehr als sie?«, hatte Maria einmal angedacht. Im Augenblick brauchte sie offenbar niemanden, dem sie ihr Unglück umhängen konnte. Sie hatte keines. Aber genau darüber hatten sie ja sprechen wollen!

»Sie spürt das«, meinte Maria später am Abend in der Vinothek.

»Klar, deshalb blockt sie ab. Nur wenn *sie* uns braucht, dann will sie uns sehen. Im Moment könnte es ungemütlich für sie werden. Das sieht sie durchaus richtig!«

»Lass uns von etwas anderem reden. Ich hab ein Bild von dir im Auto! Es ist schon trocken.«

»Wow, ich freu mich, danke!«

»Wo wirst du es hinhängen?«

»Ach, da finde ich schon ein Plätzchen …«

»Hola chicas!« Die restlichen Frauen trafen ein und gruppierten sich um den Tisch in der Weinbar.

»Und, morgen geht's ab zu den Maximal-Pigmentierten?«

»Die sind nicht maximal in Marokko!«

»Wie heißen die dort, 50-Prozent-Pigmentierte?«

»Keine Ahnung, ruf an im Gymnasium Rahlgasse.«

»… und frag, ob es politisch korrekt ist, wenn man Inländer sagt.«

»Das darfst du nicht sagen …«

»Das steht aber am Rum!«

»Ja, aber auf den Mehlspeiskarten lese ich neuerdings ›Schokokuchen mit Schlagobers‹!«

»Wenigstens nicht ›Maximal-Pigmentierter im Hemd‹.«

»Was ist, wenn ich hier geboren bin, was bin ich dann?«

»Ist doch egal, wie es heißt!«

» Nein, ist es nicht. Schließlich will ich es richtig machen und Respekt zeigen.«

»Gebürtige Österreicherin?«

»Nein, gebürtig heißt nur, dass du die Staatsbürgerschaft hast.«

»Österreicherin ohne Migrationshintergrund kann nicht falsch sein.«

55

Rosa fuhr gern weg, aber nicht zu oft. Sie bekam leicht ein schlechtes Gewissen. Vielleicht war das die Nebenwirkung ihres Berufs. Sich den ganzen Arbeitstag lang damit beschäftigen, was alles passieren konnte und geschah, wer ging da schon raus und rief: Juhu, *ich* hau aber jetzt auf den Putz, weil *mir* geht's gut und alles andere ist mir so was von egal!

Bis zu einem gewissen Grad tu ich das, dachte sie überrascht. Wenn sich das Gute allerdings häufte, dann war es schwer zu ertragen!

So wie Marrakesch.

So wie ein Haus am Meer.

›Man darf das Schicksal nicht herausfordern‹ war ein Satz aus ihrer Kindheit.

Was heißt das, hatte sie ihre Mutter gefragt, und zur Antwort bekommen: »Du musst bescheiden sein!«

Sie hatte auch ihren Vater gefragt. »Wenn du zu viel riskierst, stehst du am Ende mit leeren Händen da!«

Das hieß also: Ruhig sein, brav sein, nur nicht aus der Norm ausbrechen.

Die Norm waren zwei Wochen Urlaub im Sommer und eine Semesterwoche Schifahren.

Dazwischen Hackeln bis zum Umfallen und Warten auf die Pension. Und warum? Weil man es so machte.

Es gab auch Leute, die arbeiteten, weil sie es gern taten. Die waren irgendwie suspekt. Oder schwerreich. Oder beides.

Vorhersehbare Leben deprimierten Rosa.

In ihrer Praxis konnte sie erleben, wie sehr Menschen Sicherheit suchten. Wenn sie sich einbetonieren könnten, manche würden es tun: Die Beziehung, auf immer soll sie so bleiben – ab in den Beton. Die Kinder, auf immer sollen sie klein und putzig bleiben – ab in den Beton. Das schmucke Häuschen, na, das war schon aus Beton!

»Weißt du noch, Maria, was wir uns geschworen haben, nach dem Studium: Sollten wir uns jemals einbetoniert fühlen, ziehen wir die Notbremse.«

»... und vertschüssen uns mit einem Billasackerl«, antwortete diese wie aus der Pistole geschossen.

»Hast du schon einmal daran gedacht, es wirklich zu tun?« Rosa blickte die Freundin neugierig an. Nur sie beide waren noch im Lokal.

»Nein, du?«

»Ich bin mir nicht sicher. An dem Tag, an dem ich von der Insel zurückgekommen bin, heuer, hatte ich das Gefühl, mir würde am Flughafen jemand eine Bleiweste anziehen! Warte, nein, ich hatte es zuvor schon, als ich mir das Unvermeidliche vorgestellt habe.«

»Das Unvermeidliche?«

»Zu Hause bei der Tür reinzukommen.«

»Dich hat es ja ganz schön erwischt!« Der Ernst der Lage wurde Maria immer deutlicher. »Was wirst du jetzt tun, Rosa Talbot?« Sie nahm ihre Hand.

»Sobald ich es weiß, ruf ich dich an, Süße!«

Still saßen sie eine Weile, dann nahm Maria den Gesprächsfaden wieder auf: »Weiß Marti, wie es dir geht?«

»Ich habe es ihm gesagt.«

»Und, nimmt er es ernst?«

»Ich weiß nicht, oh ja, schon.« Rosa zögerte.

»Wahrscheinlich weiß er nicht, was er tun soll, oder?«, antwortete Maria.

»Seine Welt ist ja in Ordnung. Vielleicht denkt er, meine wird sich auch wieder einrenken!«

»An seiner Stelle würde ich auch einfach abwarten. Nimm dir mehr Zeit für dich, und …«

»Das mache ich schon, Maria, lieb von dir. Das Malen, das hast *du* mir nahegebracht. Ich möchte

Farbpigmente mitnehmen von meiner orientalischen Reise. Und, was wünscht du dir?«

»Och, einen Duft wie aus Tausendundeiner Nacht, ein Klimperrockerl zum Bauchtanzen, Ayurvedischen Kajal – nein, den gibt's in Indien, sorry – und einen glutäugigen Semi-Pigmentierten!«

»Zum Genießen in dieser Reihenfolge?« Ein Lächeln huschte über Rosas Gesicht.

»Exakt. Dafür würde ich von nun an auf Eseln reiten!«

»Verschleiert?«

»So weit geht mein Integrationswille nun auch wieder nicht.«

»Marrakesch ist angeblich voll westlich.«

»Wozu fahr ich dann nach Afrika? Da kann ich gleich in einen Welt-Erlebnispark gehen.«

»So etwas gibt's sicher in Orlando!«

56

Florida war Rosas und Martis erste gemeinsame Reise. Miami und davor drei Tage Big Apple. Das war noch die wilde Zeit, damals war es nicht angebracht, nachts mit der U-Bahn zu fahren oder allein durch den Central Park zu spazieren. Das war ein wenig bunter und aufregender als jetzt. Und gefährlicher.

Einen Abend hatten sie in einer entsakrifizierten Kirche verbracht, die zu einer Disko umgebaut worden war. So etwas gab es in Europa nicht. Das spezielle Essen aber auch nicht. Für einen Restaurantbesuch hatte das Reisebudget nicht gereicht. Gegessen wurde im Vorbeigehen. In New York in netten Imbissen mit internationalen Gerichten, in Florida hauptsächlich in amerikanischen Fast-Food-Läden.

In Sarasota, der alten Künstler-Enklave, hatte Tante Trude schon darauf gewartet, die jungen Studenten auffüttern zu können. Sie war Zirkusartistin a. D. und war seinerzeit auf dem Seil über die Manege spaziert. Ohne Netz, versteht sich. Sie war eine kluge Frau und kochte noch selbst. Bei ihr hieß das nicht, dass sie Backmischungen mit Wasser anrührte! Vielleicht war sie eine der Letzten im Land, die wusste, dass Chicken Nuggets weder von Hühnern gelegt noch von Schatzgräbern entdeckt wurden? Tante Trude war im Herzen Europäerin geblieben. Obwohl sie nicht so aussah, aber das war eine andere Geschichte.

»Ich muss an Tante Trude denken«, flüsterte Rosa Marti ins Ohr. Sie saßen bereits im Flieger nach Mailand. »Kannst du dich noch an ihre flamingofarbenen Haare erinnern?«

»Sie waren lavendel!«

»Wie es ihr wohl geht?«

»Alt ist sie geworden, sagt Mutter. Und die Zeit des Herumtingelns spürt sie jetzt auch. Sie hat es an den Gelenken.«

»Weißt du noch, als wir auf dem Highway gefahren sind, die Alligatoren am Straßenrand?«

»Das glaubt uns heute keiner mehr.«

»Und die illustre Runde an Künstlern aus Sarasota, die sie für uns eingeladen hatte.«

»Die Klaviervirtuosin und der Clown, die Opernsängerin …«

»Jeder musste etwas zum Besten geben.«

»Sogar du hast gesungen, auf Deutsch!«

»Quantana mera: I steh auf zehn nackte Weiber … Mein Sax hatte ich ja nicht dabei.«

»Und ich hab meinen Bauch hergezeigt beim Tanzen.«

»Gute Idee. Hast du den heute auch mit?«

»Marti, wir sind nicht allein.«

»Na und, ein bisschen Adrenalin in der Höhe tut gut! Ich habe auch extra die große Zeitung mitgenommen!«

»Den Standard?«, fragte Rosa erstaunt. »Na, wenn der wüsste, der würde noch röter werden!«

57

Mein Gott, ich wollte noch zum Friseur gehen, fiel Rosa ein, als sie in Mailand den Flieger verließen. Das war sich nicht mehr ausgegangen, der Mädelsabend ging vor.

Sogar in der Ankunftshalle erschienen ihr die Menschen schicker als zu Hause. Jetzt war es zu spät. Oder doch nicht?

»Wann fliegen wir weiter?«

»In zweieinhalb Stunden.«

»Perfekt, ich geh zum Haar-Coach Milanese.«

»Wenn du meinst, ich check das mit dem Gepäck. Wir treffen uns nachher am Gate.«

Rosa ging bisher gern am Bahnhof zum Friseur. Nicht, dass sie dort exquisite Schönheitsbehandlungen für gesetzte Damen erwartete. Das eben nicht, am Bahnhof war es unkompliziert, es frisierten gepiercte Jugendliche, denen man durch Aufzeichnen kundtun musste, was man sich wünschte. Zum Reden war die Musik zu laut.

Einmal war sie in Graz angekommen, es war Sommer und brütend heiß. Sie hatte es vor dem Griechenlandurlaub nicht mehr geschafft, sich die Haare schneiden zu lassen, aber plötzlich drei Stunden Zeit am Bahnhof. Es folgte eine lustige Haarschneide-Aktion, nach der sie ihre Freundinnen fragten: Wo warst du beim Friseur? Da geh ich auch hin.

Oder Linz. Frühstück in einer ehemaligen Ausspeisung für gefallene Mädchen, jetzt In-Lokal (wurden die umgeschult?). Mit am Frühstückstisch ein Friseurmeister, wie sich herausstellte. Nach deftiger Eierspeise hatte er für Rosa sein Lokal aufgesperrt und die Diskokugel aktiviert. Sie war im Roxy gelandet und lauschte den Geschichten des ›Hairdryer on the road‹; und ganz nebenbei genoss sie den ›Wo warst du jetzt wieder beim Friseur, da fahr ich diesmal aber wirklich hin, solang es in Österreich ist‹-Haarschnitt.

Bei Marti war das anders. Bei Marti ging Haareschneiden schnell. Er trug seine schon immer in dieser Farbe (Flachs) und zusammengebunden. Als Student hatte er blondes Wallehaar. Groß, schlank, naturblonde Locken. Da blickten nicht nur Frauen auf. Aber diese Zeiten waren vorbei, heute bändigte Marti nicht nur seine Locken, sondern auch sein Temperament.

Rosa saß also beim italienischen Friseur und wartete darauf, ihre mokkabraunen Haare veredelt zu bekommen. Ach, wäre das schön, Mokkabraun mit

Cappuccino-Strähnen oder doch besser Latte macchiato? Cioccolata wäre auch fein.

Diese swingende Grandezza am Kopf fabrizieren, das können halt nur Italiener, dachte sie, und beobachtete die Damen, deren Haar gerade geföhnt wurde. Das kollektive Vorbild schien klar: Wer hier nicht zumindest von hinten einer Monica Bellucci ähnlich sah, machte eindeutig etwas falsch. Das monotone Surren der Handföns war die ideale Geräuschkulisse, um ein wenig ins Träumen zu geraten …

»Signora, Signorina!«

Als Fräulein angesprochen, öffnete Rosa die Augen.

»Si, prego?«

Ein südländischer Signore fuchtelte mit den Händen vor ihrer Nase herum.

»Come facciamo …?«

Ah, sie war in Italien, beim Friseur, am Flughafen …

Sie musste los, ihr Flieger würde sicher bald abheben.

»Molto bene, grazie …«

Und schon war sie draußen.

Ah, da war ja schon das Gate. Gott sei es gedankt. Und Marti war auch da. Er winkte.

»Gut siehst du aus, Schatz. Aber nicht viel verändert.«

»Ich hab von schönen Frisuren geträumt. Und von Monica Bellucci. Haben wir noch Zeit für einen Espresso? Ich hab plötzlich so einen Gusto …«

58

Wieder in die Luft, diesmal ging es nach Afrika. Übers Meer. Die Zwischenstopps waren ein wenig lästig, weil sie Zeit kosteten, fand Marti. Wenn es nach Rosa ging, konnte sie nicht oft genug starten! Sie liebte es.

Einmal hatte sie die Route nach Edinburgh extra mit Zwischenstopps in Paris und London ausgewählt. Sie genoss es, wenn die Maschine maximal auf Touren kam, schneller und schneller wurde und dann abhob! Das war der beste Moment! Dabei hielt sie Martis Hände und strahlte über das ganze Gesicht.

Marti würde gleich einnicken, das sah sie an seinem Blick und am langsamen Heben und Senken des Brustkorbs. Rosa hingegen war munter. Ausgeschlafen.

Und jetzt?

Sie ließ den Blick aus dem Fenster schweifen, über die Tragflächen, den Himmel, die Wolken. Sie erinnerte sich an die Reisen, die sie mit ihren Eltern und ihren Geschwistern unternommen hatte. Flugreisen waren damals noch keine dabei, dafür lange Autofahrten, im voll bepackten Kombi.

Vor Ort ein orange-geblümtes Hauszelt, ein Freiheitstraum mit drei Zimmern, PVC-Fenstern und gewellten Girlanden am Dachsims. Welch lebenslustiges Ding stand da inmitten von Pinien, Ameisen und spielenden Kindern.

Es war kein Outdoor Action Areal, es war Wohnort für zwei Wochen damals: der Campingplatz.

Wie anders war hier nicht nur das alltägliche Leben – nein, das Schönste am Urlaub war die veränderte Laune von Mutti und Vati. Nicht nur die Umgebung war ausgewechselt, die beiden waren es ebenso. Auf diese Weise ließen sich sogar die Geschwister ertragen. Clara lag zumeist mit einem Buch überm Kopf (Simmel, Kishon oder andere leichte – aber darauf legte sie Wert – Erwachsenenliteratur) im Schatten. Sie hatte helle Haut, wobei niemand wusste, ob von Geburt an oder ob es daran lag, dass sie jeden, aber auch wirklich jeden Sonnenstrahl mied. Da war sie also faul gelegen und hatte niemanden gestört. Und niemand hatte sie stören können. Auch keine potenziellen Bekanntschaften. Das war Rosas Part. Wenn man Rosi suchte – sie war schon immer mitten im Geschehen zu finden: im Wasser, beim Pingpong, beim Streunerkatzen-Füttern. Da blieben Bekanntschaften, manchmal sogar Freundschaften, nicht aus.

Wer musste schon die gleiche Sprache sprechen, wenn man sich mit einem Lachen verstand?

Italienische Kinder, holländische, französische und deutsche hatten sich am Campingplatz zur Abenteuer-Crew formiert. Manchmal war es laut zugegangen, manchmal nicht. Meistens war es ganz gemütlich. Die Sprache von Streithanseln und Solodarstellern wurde einfach nicht verstanden! Dafür gab es Sprachmelodien, Redewendungen und schlimme Wörter, die in keinem Wörterbuch zu finden waren. Das richtige Leben eben.

Der kleine Peter war bei den ersten Urlauben nicht mit, weil noch nicht auf der Welt. Als er dann da war, war er nicht groß aufgefallen. Meist saß er zufrieden am Strand, ein Hütchen am Kopf, Sand von links nach rechts und von rechts nach links schaufelnd. Dazwischen hatte er immer wieder ins Zelt zum Schlafen gemusst. Zu viel Sonne war nicht gut für kleine Kinder. Da wurden sie unrund und unleidlich. Mutti hatte das gewusst. Sie wollte abends noch eine Runde mit dem Kinderwagen im Nachbarort drehen und genüsslich ein Eis schlecken. Peter war ein artiges Kind und hatte viel geschlafen.

Was für ein Leben sich die Mutter als Mädchen vorgestellt hatte? Rosa konnte darüber nur Vermutungen anstellen. Zu fragen hatte sie sich nie getraut. Sie hatte sich wohl, dem traditionellen Frauenbild ihrer Zeit entsprechend, Mann und Kinder gewünscht. Persönlicher Freiraum dagegen entsprach nicht dem damaligen Ideal.

Seit sie sich von ihren Betreuungspflichten enthoben sah, war Reisen für Rosas Mutter zu ihrem Hauptthema geworden. Und davor? War sie nicht mit 18 in ein anderes Land gegangen, nach Italien? Ein katholisches Land war es jedenfalls, wie daheim. Ansonsten eine andere Welt, mutmaßte Rosa heute. Viel hatte die Mutter ihr nicht erzählt aus der Zeit damals, außer dass sie dortbleiben wollte. In Italien. Für immer.

Hatte sie, Rosa, etwa das ›Weg-von-da‹-Gen vererbt bekommen wie andere Sommersprossen oder den Silberblick? War es eine schleichend- schlummernde Geneigtheit, der sie sich letztlich nicht entziehen konnte?

Heimweh nach woanders als unentrinnbares Schicksal?

59

»Wie lange fliegen wir noch?« Marti fragte, als hätte er Angst, etwas zu versäumen.

»Eine halbe Stunde noch«, antwortete Rosa. »Sieh dir die schneebedeckten Berge an, und daneben die Wüste.«

»Die Gebirgsformationen sind ganz anders als bei uns. Und diese rote Erde. So habe ich es in Erinnerung, mein Marokko! Endlich kann ich dir zumindest einen Teil davon zeigen. Du wolltest ja damals nicht mitkommen!«

»Da bin ich heute noch froh, irgendjemand musste ja zu Hause bleiben und sich sorgen. Im Ernst: Du weißt, dass ich tausend Tode gestorben bin, als du verschwunden warst.«

»Jaja, aber davon will ich jetzt gar nicht reden, sondern darüber, wie schön das Land ist und wie freundlich die Leute.«

»Wir gehen schon in den Sinkflug, schau einmal: Die Häuser sind alle ganz niedrig.«

»Und alle sind sie rot!«

60

»Hallihallöchen!« Eine hünenhafte Deutsche stand zur Begrüßung bereit. »Wir haben schon alles für Sie vorbereitet. Treten Sie ein!« Sie streckte zum Willkommen die Arme aus.

Welch seltsame Verfärbung am rechten Zeigefinger, dachte Rosa. Wahrscheinlich musste man in manchen Kreisen als Raucher schon nach Afrika auswandern …

Rosa und Marti zogen den Kopf ein, um durch die Tür zu gelangen. Drinnen erwartete sie leise Esoterikmusik und ein angenehmer Mix aus Räucherstäbchen und Gitanes.

»Herzlich willkommen in unserem authentischen Königspalast! Fühlen Sie sich wie König und Königin, und wie zu Hause!« Die deutsche Frau lächelte. Sie sah aus, als wäre sie soeben vom Pferd gestiegen. Enge Hosen, Reiterstiefel, ein Anflug von Verwegenheit im Blick.

»Das klingt ja gut, merci!« Marti war jetzt schon entspannt. Der Innenpool plätscherte, Minztee wurde eingegossen und die beiden Weitgereisten ließen ihre Augen über die perfekt gestylte Einrichtung wandern. Von Weitem waren Kinderlachen und Vogelgezwitscher zu vernehmen.

Was für eine Oase!

61

»Wusstest du, dass Marrakesch die vielleicht älteste Stadt der Welt ist?«, fragte Marti, als sie am nächsten Tag zum Frühstück auf die Dachterrasse gebeten wurden.

»Wenn ich über die Dächer schaue, die Medina sieht tatsächlich so aus, als …«

»Aallllahhhhh …« Der Muezzin erhob seine Stimme zum Gebet. Was folgte, waren hingebungsvolle Gesänge aus allen Himmelsrichtungen, die alles andere verstummen ließen: die streitenden Katzen, die zwitschernden Spatzen, die Kinder …

»›Allah ist groß und Mohammed ist sein Prophet‹ heißt das«, erklärte Marti stolz.

»Ein bisschen erinnert es mich an die Feuerwehrsirenen bei uns zu Hause, besonders bei den lang gezogenen Lauten!«, antwortete Rosa. »Hier müssen sie auch zu Allah beten, damit es nicht brennt. In den engen Gassen gäbe das eine Katastrophe!«

»Wir sind 20 Minuten hereingeschlichen, in die Altstadt.« Es war unvorstellbar. »Ein so großes Gebiet ohne Autos, und die Menschen kochen auf der Straße in engen Nischen.« Sein Blick glitt über die Häuser bis hin zum schneebedeckten Atlas und wieder zurück zu den desolaten Dächern der Nachbarschaft. »Schau mal, da steht Hausmauer an Hausmauer, mit dem Innenhof in der Mitte. Der gibt Raum und schenkt freie Aussicht auf den Sternenhimmel, nachts!«

»Hm, wenig Sicherheit, dafür viel Leben!«, sinnierte Rosa. »Bei uns sitzen die Leute gut versorgt auf dem Sofa und holen sich das Leben mit dem Privatfernsehen ins Haus.«

»Ich weiß, Roserl, das magst du nicht!«

»Weil's wahr ist!«, antwortete sie selbstgefällig, »es gibt Menschen, die schauen Reality-Shows, anstatt ihr eigenes Leben zu leben! Du glaubst nicht, wie viele das machen.«

»Ich habe einmal gelesen, dass man kurz vorm Tod sein Leben wie einen Film sieht.«

»Ja, und manche Menschen sehen dann die Zusammenfassung der Talkshows«, ergänzte Rosa spitz.

Marti wollte das Thema wechseln: »Lass uns rausgehen!«

»Raus aus dem Hotel? Bist du wahnsinnig?«

Esel schrien, Mopeds zogen an kleinen Kindern vorbei, die lachend durch die Gassen liefen, dazwischen Händler, Eisenschmiede, verhüllte Frauen, die Brot zum Bäcker brachten, und Mädchen, die Wasser für zu Hause holten.

»Wusstest du«, begann Marti seine Belehrungen, »dass jeder Stadtteil eine eigene Quelle, eine Moschee, eine Koranschule, einen Bäcker und einen Hammam braucht? Und dass es gesittete, ruhige Stadtteile gibt und laute, stinkende?«

»Mhh«, antwortete Rosa und zog wortlos den Schal vors Gesicht. Sie wusste, in welchem sie gelandet war.

62

»Combien est-ce que vous voulez, Madame? Ça c'est fait douze Dirham«, erklärte der Verkäufer und tippte wie zur Bekräftigung auf jedes einzelne Gebäckstück.

Na bravo, dachte Rosa. Ich habe sie mit der Zange genommen, um sie keimfrei in den Mund zu bekommen – und dann das!

»C'est sont combien?«, mischte sich ein älterer Verkäufer in Chellabah ins Gespräch ein, um in rhythmischen Abständen erneut die Kokosmakronen anzutippen.

Rosa überlegte, ob sie sagen sollte, nein, danke, sie hätte es sich anders überlegt. Aber der Duft von gebrannten Mandeln und Blätterteig-Öhrchen hielt sie in dem kleinen Laden in Essaouira wie gefangen.

Seit Rosa in Griechenland Tierkohle aus dem ersten Stock eines schmucken, weiß getünchten Häuschens erbrochen hatte, war sie im Urlaub vorsichtig – oder versuchte es zumindest zu sein. Die schwarzen Spuren waren damals weithin zu sehen gewesen.

Quel blamage! Wenn es ihr Kreislauf damals

erlaubt hätte, sie hätte sich geniert, ehrlich! Aber so war sie eine von fünf Urlaubswochen in dem brütend heißen Obergeschoss gelegen und hatte versucht, nicht zu erbrechen. Mit geringem Erfolg. Die armen Griechen, sie konnten nichts dafür, aber es blieb im Gedächtnis, wenn man seine Körperfunktionen nicht mehr kontrollieren konnte, und irgendwie verband man es auch mit dem Ort des Geschehens. Sie war danach lange nicht mehr nach Griechenland gereist, und schon gar nicht mehr auf eine Insel ohne Touristen und ohne Vegetation und ohne ›Pharmacia‹.

Auch unterließ sie es seither tunlichst, 48 Stunden mit dem Zug anzureisen und ebenso lange mit dem Zug wieder heimzufahren.

Leben war lernen, n'est-ce pas?

Essaouira, also. Die Fassaden am Hafen erinnerten an die Insel. Nur, wie ruhig es hier zuging, direkt beschaulich. Die Menschen strahlten Gelassenheit aus, die bunten Waren in den Gassen sahen allesamt selbst entworfen und handgefertigt aus.

Die Dinge gelangten von hier auf ihre geliebte Insel, erkannte sie mit einem Schlag.

Sie war an der Quelle!

Einige Althippies streunten durch die Gassen, auf Krücken gestützt mittlerweile oder auf imaginären Instrumenten in Gedanken spielend, ganz in ihrer eigenen Welt eingeschlossen.

Sie könnten sicher viel erzählen, dachte Rosa und klemmte sich die soeben erstandene Handtrommel unter den Arm.

»Wie viele von diesen Übriggebliebenen wohl gerne heimfahren würden, wenn sie könnten?« Marti schien Rosas Gedanken zu erraten.

»Haben sie denn noch ein Daheim?«, fragte sie zurück. »Sieh sie dir an, sie sind über 60, wahrscheinlich leben sie schon 40 Jahre hier. Was können sie noch anderes tun als ›weitermachen‹?«

»Vielleicht haben sie keine Kinder«, bemerkte Marti nachdenklich. »Wem gehen sie ab, wenn sie hier sterben?«

Martis rhetorische Frage missfiel Rosa. Sie steckte sich eine Makrone in den Mund und stakste weiter die Stufen zur Burg hinauf.

63

»Merkst du, wie wir uns verändern hier? Schon drei Tage keine Autos, keine Werbung, kein Konsum«, fasste Marti begeistert seine Eindrücke seit ihrer Ankunft zusammen.

»Und was ist mit der Fahrt ans Meer?«, antwortete Rosa und biss in ein Blätterteig-Öhrchen.

»Der Kamelritt zählt nicht.«

»Es waren insgesamt sechs Stunden mit dem Taxi.«

»Das war nur von A nach B, das zählt nicht. Ich fühl mich trotzdem so …«, er suchte nach dem passenden Ausdruck, seinen Gemütszustand beschreiben zu können, »so … heruntergeschraubt!«

»Weil du zwei Tage nicht mit dem Auto gefahren bist?« Rosa schaute verdutzt.

Marti nahm Rosa an der Hand und zog sie zu sich. Beide mussten sie den Kopf einziehen, um in die Werkstatt eintreten zu können. Drinnen war es düster, zwei junge Burschen hockten auf einer Decke. Am Boden vor ihnen lagen Stücke scharf abgetrennten Metalls. In rhythmischen Abständen hämmerten die jungen Männer kleine Teile aus den Metallbahnen.

»As-salamu 'alaikum.«

»Wa 'alaikumu s-salam.«

Wie jung sie sind, dachte Rosa. Am Boden lagen überall Schnipsel von Kupferblech, Verzinktem und, wer hätte das gedacht, Eisenblech. Das wäre jetzt sehr modern, wurde ihnen verständlich gemacht.

»Aber in Nemsa«, damit meinte er Österreich, »es röstet!« Erklärte der Marokkaner, der ein paar Brocken Deutsch sprach, und gestikulierte dabei heftig.

Rosa dachte an die vielen, vielen Stunden, die nötig waren, Eisenblech zu einem filigranen Ballon zu formen, der in Chrysanthemenform Licht spenden konnte. Und dann sollte alles nur Blech sein, Tand, der in null Komma nichts ›röstete‹?

Sie setzten sich zusammen vor die Werkstatt, irgendjemand brachte Tee und die beiden Gäste erlebten den augenzwinkernden Charme und die heitere Gelassenheit der Marakchis. ›Inshallah! Gott weiß die Antwort!‹

Irgendwann, dachte Rosa, würden die Jungen auch wegziehen wollen in die Neustadt Gueliz, wo es trockene Wohnungen und Plasma-Fernseher gab.

Sie wusste nicht, ob sie lachen oder weinen sollte in diesem Moment. Konnte sie es ihnen verdenken, dass sie ihre Wäsche waschen wollten, wenn sie schmutzig war – und nicht, wenn die Sonne sie trocknen konnte. Sie tat es zu Hause doch auch – ab in den Trockner damit!

Sie blieben eine Weile in Gedanken versunken sitzen, orientalische Klänge brachten sie zum Träumen. Plötzlich erhob sich Rosa, verbeugte sich zum Abschied und bedeutete Marti, es ihr gleichzutun. Sie hatte es auf einmal eilig, hier wegzukommen.

»Wo sind die Frauen?« Rosa hatte ihre Bodenhaftung wiedererlangt.

»Marokko ist das mit Abstand fortschrittlichste muslimische Land«, entgegnete Marti.

»Trotzdem, ich sehe Frauen nur mit Essen in oder Kindern an der Hand – und meistens mit beidem!«, zischte Rosa zurück.

64

»Alors, chère Madame, die Europäer kaufen die heruntergekommenen Königspaläste in der Altstadt auf. Es ist schick geworden und sie lassen sich gerne als Retter feiern. Haben Sie schon einmal auf die Qualität der neuen Ausstattung geachtet? Alles Blech, kein Marokkaner, der etwas auf sich hält, würde so etwas verwenden!«, erklärte Mustafa, ein deutschsprechender Kollege Martis, den sie tags darauf kontaktiert hatten, damit er ihnen beim Verhandeln um die Lampen half.

»Wir hier in Marokko, verwenden Dinge, die eingetragen und benutzt sind. Diese Dinge haben die bessere Qualität, sie leben! Neues kaufen wir nur, wenn es sich nicht vermeiden lässt!«

65

Der Tag der Abreise war gekommen. ›Die Hölle, das sind die anderen!‹ Das Zitat Sartres fiel Rosa ein, als sie aufgefordert wurde, etwas Nettes im Gästebuch zu hinterlassen. Sie dachte an all die wunderschönen Boutique-Hotels, die ›leading small hotels of the world‹, die Marti so sehr liebte.

In Muscat roch es muffig, Flugzeuge flogen über und Riesengelsen durch das Designerzimmer. In Lisboa spielte die Hotelbar unterhalb Musik, zu der sie hätten mittanzen können, und auf den Pityusen durfte man nicht zu genau hinsehen, sonst hätte man den Schimmel in der Hochzeitssuite entdeckt.

Und das alles zum Preis eines Kleinwagens. An den Versprechungen dürfte es nicht gelegen haben. Die waren himmlisch, nur die Umsetzung war in jedem Fall irdisch. So auch hier. Ich habe keine Lust mehr darauf!, dachte Rosa in diesem Moment. All die romantischen Märchen, die sie uns erzählen, für den Profit.

Ich will nicht mehr Gast sein.

Ich will mich nicht mehr wie daheim fühlen.

Ich will daheim sein!

»Was hast du ins Gästebuch geschrieben, Schatz?« Marti nahm das Buch in die Hand, um selbst nachzulesen.

»Dass du mir beim Schlafen ins Ohr pustest und mich so hergenommen hast, dass ich jetzt chinesische Kräuter zur Kräftigung brauche!«, antwortete Rosa schelmisch.

»Nein, im Ernst.«

»Na, so wie es ist. Dass ich es lediglich *so* schön und ruhig haben will wie zu Hause!«

»Ehrlich?« Marti hörte auf zu blättern und blickte auf. »So unromantisch kenne ich dich gar nicht.«

»Ich kann total unromantisch sein! Der einzige Film, bei dem ich weine, ist ›Frankie und Johnny‹ und der Vorspann zu ›Nemo‹.«

Marti hatte das Buch geschlossen und sah Rosa ungläubig an.

»Reg dich nicht auf. Es ist nur der ganz normale Wahnsinn, wie überall«, antwortete Rosa.

»Ich sag ja immer, rede Deutsch mit mir! Das ist für mich schwer genug …

Hat es dir denn nicht gefallen?« Marti wirkte ein wenig verunsichert.

»Doch, klar.« Rosa nahm ihn in den Arm: »*Du* warst das Beste und alles, was wir zusammen erlebt haben. Aber wir wissen, was am Wichtigsten ist, oder?«

Damit schien Marti besänftigt. Er strich Rosa

zart über die Wange. »Ich liebe dich. Das zählt. Egal wann und wie und wo.« Ihre Haut rötete sich ein wenig unter der Berührung.

»Ich liebe dich auch. Wenn du Pizzabäcker wärst und ich Serviererin, wäre es dasselbe zwischen uns.« Sie schmiegte sich an ihn und sie küssten sich. Es hätte ruhig noch eine Weile so romantisch bleiben können, dachte Rosa, als von der Lobby her das Geräusch aneinanderschlagender Eisenstangen hörbar wurde.

»Was ist das?« Marti fuhr erschreckt auf.

»Angeblich die neueste New-Age-Musik«, erklärte Rosa müde. »Sie soll sich nicht anhören wie New-Age-Musik, sondern wie zufällig klimperndes Eisen.«

»Aha!« Jetzt war Marti sprachlos. Er brauchte einen Moment, um sich zu fangen, dann fuhr er emotionslos fort: »Komm, lass uns fertig packen.«

»Hast du schon alle Geschenke drin?«, wollte Rosa wissen.

»Klar, mein Koffer war halb leer.«

Sie warf Schmink- und Anziehsachen zum restlichen Gepäck und klappte den Deckel zu. Fertig.

66

»Kannst du dich noch erinnern, als *wir* gestört haben im Hotel?«, fragte Marti spitzbübisch, als sie im Flugzeug saßen.

Rosa erwiderte den Blick. »Die Höhenluft scheint ja eine besondere Wirkung auf dich zu haben. Meinst du etwa unseren Kurztrip nach Rom?« Sie waren schon angeschnallt und bereit zu starten.

»Ja, in Trastevere, wo das livrierte Personal nach unserer ersten gemeinsamen Nacht alle Zwischentüren geschlossen hat, weil du so laut geschrien hast.« Marti schien begeistert, allein die Erinnerung daran löste heftige Gefühle aus.

»Und wo du deine Schuhe auf den Balkon gestellt hast zum Auslüften. Die stehen sicher heute noch da … Mensch, war das schön!« Rosa schmiegte sich an Martis Schulter.

»40 Grad und wir waren so verliebt!«

»Hast du mich damals gefragt?«

»Ob du mich heiraten willst? Nein, das war erst im Jahr darauf. Da haben wir bei der Kathedrale ›Santa Maria Maggiore‹ gewohnt.«

»Ach ja, da gab's die italienische Hochzeit, als wir reingeguckt haben …« Das Flugzeug rollte auf die Startbahn.

»Weißt du noch, der alte Gaukler hat die zwei Silberringe gehämmert, an der Piazza del Popolo. Er hat *mir* einen gereicht und ich hab ihn dir angesteckt.«

»Und ich dir den anderen.« Der Flieger beschleunigte nun immer mehr.

»Sie haben ohne Anprobieren perfekt gepasst!«

»Das hätte mir zu denken geben sollen!« Rosa wurde still. Der Flieger hob ab.

»Warum hast du dann Nein gesagt, später?« Marti nahm ihre Hand.

»Ich weiß auch nicht. Ich habe befürchtet, es wäre nur aus einer Laune heraus, dabei hat alles gepasst. Es war so zwingend klar, was der nächste Schritt sein würde. Da hab ich wohl Angst gekriegt. Bist du mir böse?« Sie hatten eine stabile Flughöhe erreicht.

»Nein, aber ich frage dich nicht mehr. Das musst du verstehen«, antwortete Marti.

67

»Grüezi und auf Wiedaluaga! Das schreiben die echt auf die Ausgänge.« Rosa war erstaunt. »Ist das Schwyzerdütsch? Irgendwie sind die Schweizer ein eigenes Völkchen, ich weiß gar nicht, wie ich's erklären soll. Zu viele Klischees.«

Marti blieb stehen und schaute Rosa unvermittelt an. Woher wusste sie, was er gerade dachte?

»Du meinst die drei Ks? Käse, Konten und Kakao?«, fragte er.

»Genau«, antwortete sie. »Ich habe schon jeden Kontinent der Erde bereist, aber die Schweizer, die sind mir so fremd, als wären sie von einem anderen Stern!«

»Wir waren auch noch nie da. Wie wär's mit einem Urlaub am Vierwaldstätter See?«, überlegte Marti halbherzig.

»Oh Gott, nein! Da muss ich an den Film mit Gert Fröbe denken: ›Es geschah am helllichten Tag‹. Ein beklemmender Streifen aus den 50-ern«, bekannte Rosa zähneknirschend. Offen musste man sein und ohne Vorurteile! Was war das hier?

»Kenn ich nicht«, Marti blieb ungerührt.

Rosa überlegte, ob er mit der nächsten Information etwas anfangen könnte, immerhin hatte er seine Jugend in Turku verbracht und nicht in Wien.

»Hast du den Anstecker gesehen ›Kantonspolizei Zürich‹? Beklemmend. Ich kam mir vor wie in ›XY ungelöst‹, vor mir Konrad Tönz!«

»In Berlin gibt's eine Bar ›Konrad Tönz‹!«, antwortete Marti mit einem Blick wie eine Kuh, die gerade das Stilfserjoch beweidet.

»Ich bemerke bei dir auch keine glorreichen Assoziationen.« Marti konnte wohl Gedanken lesen.

»Vielleicht liegt es ja daran: Die Schweizer Frauen dürfen erst seit 1971 wählen, stell dir das einmal vor!«, entgegnete Rosa und hielt für einen Moment inne. »Dennoch sollten wir dem Land eine Chance geben! Heidi, zum Beispiel, hast du das gesehen als Kind? Na eben, mir läuft heute noch das Wasser im Mund zusammen, wenn ich daran denke, wie der Großvater auf offenem Feuer den Käse …«

»Wieder eines der drei Ks«, unterbrach Marti. Sie gaben sich schon Mühe! »Gibt es nichts Interessantes?« Seine Stimme klang bereits leicht resigniert. »Ich denke da an meine Lieblings-Is: Installationen, Initiativen, Innovationen.«

»Einige Schriftsteller hat das Land hervorgebracht und … die Art Basel!«, bemerkte Rosa mit einem Anflug von Triumph in der Stimme. Endlich war ihr etwas ›Marti-Genehmes‹ eingefallen.

»Die Art Basel, na bitte, da fahren wir nächstens hin und machen uns ein Bild von der Schweiz. Bis dahin lesen wir Martin Suter, essen Geschnetzeltes und ich sag auch nichts mehr.«

Rosa nickte. »Übrigens, der Suter fällt unter I wie Iteratur!«

68

Rosa betrat nach einer Woche wieder heimisches Terrain. »Hallo, meine Schätze! Billie, Lillie!« Noch in der Tür stehend, nahm Rosa die beiden Katzen auf ihre Arme. Selbige schauten ein wenig verdutzt und drehten die Köpfchen weg.

»Ich hab euch so vermisst!« Sie steckte die Nase tief in das heimelige Fell.

»Sieh mal, wie dick Bubba Billian geworden ist, du musst mit Maria reden.« Marti betrachtete die Lage nüchtern: Er sah einen fetten Kater vor sich. Rosa erblickte, alltagsgeschult, einen fetten Kater und mögliches Leid dahinter.

»Ach, lass nur. Vielleicht hatte er Sehnsucht nach uns. Das wird schon wieder. Gell, Bubilein?«

Solange Marti und Rosa zu Hause waren, nahmen die Katzen wenig Notiz von ihnen. Sie spielten und rauften. Lediglich für die zwei Futterrituale pro Tag sahen sie ihre Menschen als unabdingbar an. Wurde irgendetwas an der vorhersehbaren Weltkatzenordnung verändert, wurde Billian dick. Beleidigt waren sie beide, oft tagelang.

»Heute dürfen sie mit ins Bett!«, beschloss die Katzenmutti gütig. »Apropos, ich geh gleich. Was machst du?« Rosa stellte sich vor Marti, in jedem Arm eine Katze haltend.

»Ich kann jetzt nicht schlafen, ich bin noch ganz aufgekratzt. Mal sehen, vielleicht werf' ich die Kiste an. Im Flieger hab ich gelesen, es kommt ›Babel‹ mit Brad Pitt.« Marti stand auf und nahm eine Fernsehzeitschrift von der Anrichte.

»Spielt der nicht in Marokko?«, überlegte Rosa. »Ich habe davon gehört.«

»In Quarzazade und auch in Tokio und Mexiko. Eine irre Story«, meinte Marti. »Es heißt, es wären drei Geschichten, die irgendwie zusammenhängen. Vielleicht ganz gut, um noch mal Abschied zu nehmen von der roten Erde!« Er legte sich lang und fingerte in einer Tüte Pistazien herum. »Na dann, schlaf schön!«

»Gute Nacht!« Rosa gähnte. »Mich kann Mr. Pitt heute nicht mehr reizen. Morgen startet gleich um acht mein volles Programm. Es geht durch bis fünf.« Sie gähnte erneut. »Hoffentlich schaff ich es am Abend noch auf eine Vernissage, ohne einzuschlafen oder asozial zu wirken!« Dabei verzog sie wie zur Bekräftigung das Gesicht und zuckte mit den Schultern.

»Ach, du«, entgegnete Marti, »das schaffst du schon!«

69

Drrrdrrrdrrr, der Wecker plärrte und Rosa schlug die Augen auf. Wo bin ich?

Wenn sie viel reiste, konnte es schon vorkommen, dass sie morgens nicht mehr wusste, wo sie sich befand. Im Dunkeln an falscher Stelle die Toilettentüre zu suchen, war noch unangenehmer.

Ahhh … Erleichterung machte sich breit, hier kannte sie sich aus. Allerdings, so dämmerte es ihr, war das folglich auch der Ort, an dem sie in einer Stunde wieder zu arbeiten beginnen würde!

Mit einer zaghaften Geste schlug sie ihre Bettdecke zurück und setzte sich auf. Oh Gott, wer kommt denn heute alles?

Es war ein ganz normaler Arbeitstag im Leben einer Psychotante. Eine Tasse doppelten Espresso und zwei Toastecken später war Rosa bereits in ihrem Arbeitszimmer anzutreffen. Für Schminke war keine Zeit mehr gewesen, dafür hatten die Katzen etwas zu fressen. Es klopfte.

Frau B. trat ein und schlich zum Besuchersessel. Ihre Handtasche hielt sie an den Körper gepresst. Sie nahm Platz und schaute sich im Zimmer um. »Es geht mir schon sehr gut«, begann sie schließlich.

»Ich hätte das nie gedacht, aber mein Mann und ich nehmen uns täglich eine halbe Stunde Zeit, um miteinander zu reden. Und, bis wir es wieder versuchen wollen mit einem Kind, wollen wir uns die Welt anschauen! Ich muss ja nicht sofort schwanger werden, ich habe ja noch Zeit, wie Sie gesagt haben …, jetzt höre ich das nicht nur, ich spüre es auch!« Sie entspannte sich zusehends und stellte die Tasche auf den Boden. »Ich möchte es jetzt allein probieren, vielen Dank!«

»Fein!«, antwortete Rosa mit einem Lächeln. Sie liebte Abschlüsse; auch wenn sie schlecht fürs Geschäft waren. Die Freude der Menschen kam bei ihr an.

Nächste Stunde, Frau P.: »Wissen Sie, was schlimmer war für mich als die ganze Krebserkrankung? Die Art und Weise, wie sie es mir im Krankenhaus beigebracht haben. Deshalb bin ich jetzt bei Ihnen. Ich pack das nicht, wie können die sagen: ›In drei Monaten sind Sie tot!‹ Das war vor drei Jahren und ich lebe immer noch!«

»Was werden Sie als Nächstes tun?«, fragte Rosa.

Und bekam als Antwort: »Ich habe jetzt ein Wimmerl am Popo, mit dem geh ich abermals hin und sage: ›Tatarata – ich lebe noch! Und *Sie* können jetzt dorthin schauen, wo Sie hingehören!‹«

Rosa musste schmunzeln. Es gefiel ihr, wenn die Menschen wieder ihr Leben selbst in die Hand nahmen. Das lief nicht immer politisch korrekt ab, wozu auch?

Es folgte eine Stunde Pause, die Rosa zum Dokumentieren und Vorbereiten nutzte. Danach kam Frau S.. Sie hatte Gewichtsprobleme.

»Ich weiß nicht, warum ich so dick bin, Frau Doktor. Ich esse die ganze Woche streng nach meinem Metabolic-Plan, wiege Fleischstreifen und sogar Karotten ab, und am Wochenende, wenn ich zu meiner Mutter fahre, esse ich alles, was sie mir hinstellt, restlos auf! Als gäbe es kein Morgen …«

»Es hat also mit Ihrer Mutter zu tun«, warf Rosa ein, »was verbinden Sie sonst noch mit ihr, außer Essen?«

Die Klientin dachte nach. »Eigentlich nicht viel«, kam als Antwort, »sie hat uns allein gelassen, mich und meine drei jüngeren Schwestern, war immer am Feld. Wir mussten zur Großmutter, einer hartherzigen, alten Frau, der Opa hat getrunken, aber sonst … war alles ganz normal.«

Mittagspause. Rosa ging nach oben und schnitt sich ein gutes Stück Jamón Ibérico ab, dazu nahm sie zwei Scheiben Toastbrot und öffnete ein Glas Oliven. Zu trinken gab es alkoholfreien Radler. Mhhh.

Ob sich ein Nickerchen ausgeht? Mit fragendem Blick inspizierte sie Uhr sowie Kalender. Nein, in einer halben Stunde würde schon Frau K. kommen und dafür müsste sie noch eine Hypnose vorbereiten.

»Achten Sie auf Ihre Atmung und gleiten Sie mit jedem Atemzug tiefer und tiefer …« Das hatte etwas, Hypnosesitzungen waren manchmal angenehm für beide Seiten.

Danach kam Herr B. und sprach sich die Sorgen wegen eines lauten Grummelns im Bauch von der Seele.

Wie gern die Menschen untereinander ihre Probleme tauschen würden, dachte Rosa manchmal, es fehlte nur eine Tauschbörse! Wie ›Tausche Rotwerden gegen Schluckauf!‹ oder ›Wer möchte meine Bauchgeräusche? Nehme gern Juckreiz in Kauf!‹ Jeder und jede glaubte, *sein* oder *ihr* Problem wäre das schlimmste, dabei hatte doch jeder Mensch sein Pinkerl zu tragen. Irgendwann.

Das, was dahintersteckte, das konnten sie aber nicht tauschen, das war ihr ganz persönliches Geschenk. Das durfte jeder selbst auspacken.

Zum Abschluss hatte sich eine Gruppe gestresster Manager angesagt, die Entspannung trainieren wollten, um nicht vollends gaga zu werden. Der

Grad ihrer Gelassenheit ließ sich daran messen, wie gern sie zugeben konnten, manchmal nicht weiterzuwissen. Die Welt drehte sich danach immer noch, welch Wunder!

So, und *aus* für heute. Um 17 Uhr klappte Rosa ihr Buch zu und schaltete den Computer aus. Jetzt noch die Katzen füttern und dann ab nach Wien zur Ausstellung. Mensch, hab ich Hunger!, dachte sie, wohl wissend, dass der Kühlschrank mit heutigem Tag seine letzten Reserven gespendet hatte.

»Servus, Judith! Danke für die Einladung.« Rosa stand im Eingang einer kleinen Galerie in der Schleifmühlgasse. Die Künstlerin umarmte sie.

»Hallo, Rosa! Das freut mich aber, dass du zu meiner Ausstellung kommst.«

»Mich auch, ich habe gar nicht gewusst, dass du malst.« Sie trat in das kleine Gassenlokal und damit direkt auf die Bilder zu. Höchst interessant, was sich hier darbot.

Judith begann zu erzählen: »Das letzte Mal, als ich bei dir war, habe ich erwähnt, ich probiere es irgendwann mit dem Malen. Und, weißt du was, ich habe mich nicht mehr gemeldet, weil ich, seit ich male, keine Behandlung mehr brauche.«

»Wie lang ist das her?« Rosa war wieder wach.

»Zwei Jahre. Nach der Zeit bei dir kann ich jetzt

ganz gut für mich selber sorgen. Und malen!« Judith sah frisch aus im bunten Seidenkleid und mit zartem Make-up. Beides war für Rosa neu.

»Das klingt gut«, antwortete diese.

Judith war sichtlich erfreut, über ihre neue Passion reden zu können: »Der ganze Dachboden ist voll mit Bildern. Statt einen Termin auszumachen, nehme ich jetzt Papier und Stifte!«

Rosa spazierte durch die Galerie, vorbei an den kraftvollen Werken. Sie wusste mehr von der Lebensgeschichte der jungen Frau, als durch das Betrachten der Bilder ersichtlich wurde.

»Ich gratuliere dir, Judith. Besonders zu dem Bild ›Sonnenaufgang im Haniftal‹!« Rosa drückte ihre Hand. Judith lachte mit wachen Augen zurück. »Vielleicht sehn wir uns ja mal wieder, auf einen Kaffee?«, überlegte die junge Frau zum Abschied.

»Gern!«, antwortete Rosa.

Das ist es, dachte sie, als sie am Weg nach Hause beim Chinesen haltmachte. Die Menschen zu ihrer Quelle zu bringen, sie unabhängig werden lassen. Das war das Ziel.

»Du bist heute schon da, Schotzl?« Es war gegen neun, als sie die Eingangstür hinter sich zuschloss. Trotz der Häppchen, die sie in Wien genascht hatte, war sie noch hungrig.

»Ja, ich wollte ein wenig am Sax spielen«, antwortete Marti.

»Davon sprechen tust du ja täglich.« Rosa hatte einen herausfordernden Ton in der Stimme.

»Wenn ich um zehn heimkomme, bin ich meist schon zu müde«, war Martis Antwort.

»Guter Plan, du kommst fortan um acht und spielst die Gute-Nacht-Musik.« Rosa legte sich aufs Sofa. Lillian und Billian sahen dies als Einladung an und gesellten sich dazu.

»Heute ist mir mehr nach Free-Jazz. Stell dir vor, die Heinis vom Hammam wollen die Lampen aus Marrakesch nicht. Sie sind ihnen zu traditionell. Sie hätten sich etwas Trendigeres vorgestellt. Ich habe ihnen erklärt, dass sich bei unserer Luftfeuchtigkeit das Eisen verfärbt – nur das wollten sie nicht glauben …«

»Auweh! Spiel mir ›Don't make a fool out of me‹. Ich nasche in der Zwischenzeit aus meiner Bento-Box.« Rosa war aufgestanden, um das Päckchen zu holen.

»Ich habe gedacht, du isst nichts Asiatisches mehr, das macht dich alt?«, tat Marti verwundert. Rosa hielt kurz inne.

»Ach geh, so eine Box nehmen's in Japan in die Schule mit«, beschwichtigte sie. »Die Algen um die Makis und der rohe Fisch – das ist reines Anti-Aging für die Haut. Wirst sehen, ich werd' baby-straff!«

»Dann sollte ich wohl besser ›Once in a Lullaby‹ spielen?« Ohne eine Antwort abzuwarten, nahm Marti sein Instrument auf und setzte es an die Lippen. Der erste Ton durchbrach die lange, spielfreie Zeit. Endlich, dachte er, ist es kein reines Lippenbekenntnis mehr!

Es folgten zwei weitere Töne, bis das Stück erkennbar wurde. »›Summertime‹! Wow!«, rief Rosa und vergaß aufs Essen.

70

Schöne Aussichten, dachte Rosa. Ein Abend, um sich fallen zu lassen.

›19 Uhr Reunion im Club? Glg Elli‹, die SMS war eben eingetroffen.

Eine weiche Landung stand in Aussicht, und schon so bald. Was das für Kraft gab! In den zwei Stunden bis dahin konnte sie sich sogar mit unangenehmer Arbeit beschäftigen.

Sie holte einen Ordner aus dem Regal. Irgendwann war Buchhaltung angesagt, und dieses Irgendwann war jetzt.

»Rosi, mein Schatz!« Wie schön, echte Stimmen und ein lebendes Gegenüber zu haben, dachte Rosa, als sie den Club betrat. Sie lief geradewegs in Marias Arme.

»Bevor du mir von der bunten Welt in Marrakesch berichtest, muss ich dich etwas fragen.« Maria nutzte die Gelegenheit, solang sie noch alleine waren.

»Nur zu, was willst du wissen?« Rosa nahm einige Nüsschen aus der Holzschale und versuchte, sie sich in den Mund zu werfen.

»Ich schreibe gerade einen Artikel für die Psychologenzeitung, dazu brauche ich deine Daten: Wie viele Jahre Selbsterfahrung hast du?«

»Zehn.«

»Zehn Jahre! In Stunden sind das?«

»Ach, das habe ich mir nie ausgerechnet. Wozu auch, die Psychologen rechnen mir sowieso nichts davon an.«

»Genau darum geht's! Ich habe in diese Richtung einiges vor. Mehr erzähl ich dir ein andermal, heute will ich nur noch wissen, wo hast du meinen Glutäugigen versteckt? Das war schließlich ein Auftrag!«

Rosa griff in ihre Tasche und stellte bunte Glasphiolen auf den Tisch. »›Genies in a bottle‹ waren leider aus! Ein Kreuzfahrtschiff mit amerikanischen Pensionistinnen war vor uns da. Tja, da kannst du nichts machen. Aber hier drin«, sie zeigte auf die kostbar bemalten Flaschen, »versteckt sich Rose, da drin Jasmin und hier Bitterorange. Das reinste Aphrodisiakum, sag ich dir!«

»Du trägst das Öl auf die Haut auf und schon wird der Mann, der es schnuppert, willenlos?« Marias Fantasie kam in Fahrt.

»Aber ja, bien sûr, mon amour!«, säuselte Rosa mit einer ausladenden Handbewegung.

»Und, hast du's getestet?«

»Was soll ich dir sagen? Meiner hat angebissen!«

»Was hat angebissen?« Elli hatte sich zu den beiden gesellt. Ohne eine Antwort abzuwarten, fuhr sie fort: »Mein Daddy war auch beim Fischen. Braucht jemand einen Zander für den Tiefkühler?«

»Den nehme ich dir gerne ab. So mache ich doch noch einen guten Fang!« Maria zwinkerte Rosa zu und schien zufrieden.

»Wir sind nur zu dritt. War wohl zu kurzfristig diesmal.«

»Welcher Wein passt denn für heute?« Maria hatte es sich zum Ziel gesetzt, die Neo-Wissenschaft ihrer Freundin Elli näherzubringen: »Rosa hat ein neues Konzept für eine Weinberatung erstellt. Sie sucht Weine exakt zur Stimmung und den Charaktereigenschaften einer Person aus.«

»Klingt interessant. Angenommen, … was bin dann ich für dich, Rosa?«, wollte Elli begeistert wissen.

»Erzähl mir etwas Aktuelles. Das kombiniere ich dann mit der Elli, die ich seit 35 Jahren kenne, und schon haben wir dich als Wein aufgestellt!«, gab die Expertin zur Antwort.

»Was soll ich sagen? Ich habe heute beschlossen, mich in Zukunft mehr politisch zu engagieren. Irgendjemand muss es ja tun! Ein Fastfood-Lokal soll neben der Schule gebaut werden. Stellt euch das vor! Der Gemischtwarenladen kommt weg und mit ihm auch Joghurt, Obst und Vollkornbrot!«

»Mhh, also vielleicht ein Biowein? Produziert in einer Großfamilie? Fruchtig, aber nicht ganz jung!« Rosa war in ihrem Element. Ihr Blick wechselte von hochkonzentriert zu verträumt und zurück. Mit großer Geste strich sie das Haar aus dem Gesicht und lächelte verzückt.

»Moment mal. Nicht ganz jung …, ich bin so alt wie du!«

»Lass sie, sie denkt nur laut«, flüsterte Maria.

»Also, ich empfehle die weiße Cuvée von Meinklang. Aus drei verschiedenen Sorten wurde etwas Unkompliziertes, Fruchtig-Frisches komponiert. Schmeckt nach grünem Apfel und Stachelbeeren!«

Die Freundin sah sie entgeistert an. Rosa und Maria hätten es wissen müssen, Elli war die Pragmatikerin in der Truppe.

»Faszinierend, findest du nicht, Elli?« Maria nahm sich ein Herz und lächelte sie herausfordernd an.

»Das weiß ich erst, wenn ich ihn gekostet habe«, antwortete Elli trocken und völlig unbeeindruckt. »Erzählen kann sie mir viel. Also, her mit dem Weinklang!« Sie nahm einen großzügigen Schluck, roch, schwenkte das Glas, um es daraufhin in einem Zug zu leeren. Nach dreimaligem Schmatzen war sie wieder bereit zu sprechen: »Und wie kommst du auf diese Art der Beratung, Schatzerl?«

Stille machte sich breit.

Der Kellner kam an ihren Tisch, wechselte den Aschenbecher und fragte, ob alles in Ordnung sei. Alle drei nickten.

Plötzlich erinnerte sich Rosa wieder an ihre Aufgabe als Önopsychologin: »Für diese Thematik bräuchten wir etwas Gewichtigeres!« Nach einer schöpferischen Pause, in der sie in Gedanken ihre Weinvorräte sondierte, fuhr sie fort: »Zumindest einen Pannobile.« Sie überlegte. »Einen vom Heinrich kann ich euch anbieten, Jahrgang 99, hab ich zu Hause, für alle Fälle.«

»Den kostbaren Wein willst du doch nicht aufmachen?«, wandte Elli ein.

»Wieso nicht?«, antwortete Rosa emotionslos. »Bei der Gelegenheit könntet ihr auch gleich eure Reiseandenken mitnehmen.« Und an Elli gerichtet: »Na, wie war dein Revolutionswein?«

»Wir werden ja sehen, was mir noch alles Revolutionäres einfällt!«, antwortete diese und ging schon mal vor.

71

»Pass auf, Elli!« Es kam zu spät, sie stolperte bereits über ein Hindernis, das sie im Dunkel nicht sehen konnte. Danach erst ging das Licht an. »Bei dir stehen ja noch die Koffer in der Tür!«

»Das ist ihre Spezialität, erleichtert das Fluchtverhalten enorm!«, kommentierte Maria.

»Wovor fliehst du denn, Rosa?« Elli war verwundert. »Du bist immer so überlegt, eine, die sich meldet, wenn ihr etwas gegen den Strich geht. Und nun erfahre ich so ganz nebenbei, dass du unzufrieden bist!«

»Weißt du, Elli, bewusst war es mir auch nicht, bis ich im Sommer einen Monat weg war.« Rosa öffnete behutsam die Rotweinflasche. »Ich verwende den Belüftungsausgießer, sonst kriegen wir nicht mehr genug Luft an den Wein.« Sie machte sich daran einzuschenken.

»Weich nicht aus, Rosa. Komm, erzähl weiter!« Maria war gespannt, wie die Freundin heute ihre Gefühle beschreiben würde. Seit Rosas Zusammenbruch in der Praxis hatten sie nicht mehr viel darüber gesprochen. Lediglich indirekt über die Malerei.

»Als ich zurückgekommen bin, habe ich einsehen müssen, dass mein altes Leben nicht mehr passt.«

»Das erzählst du so … Was sind deine Konsequenzen?« Maria ging nun auf Konfrontationskurs. Rosa teilte ungerührt die Gläser aus und begann, den Inhalt behutsam zu schwenken. »Riecht ihr diese konzentrierten Aromen? Vanille, Zeder, dunkle Kirsche – ein Traum!«

»An was denkst du, wenn du sagst ›mein altes Leben‹? Ist Marti da mit drin?«, wagte sich Maria vor, wurde in ihrer Zielstrebigkeit jedoch von Elli blockiert:

»Die Schlieren zeigen, dass der Wein einiges an Alkohol hat, stimmt's, Rosa?« Ellis Aufmerksamkeit für die Önopsychologie war geweckt: »Schwer ist er!«

Rosa mochte es nicht, ihr Seelenleben vor mehr als einer Person auszubreiten. Sie bemerkte, wie gern sie Ellis Einwurf aufnahm. Und ja, *es war* schwer! »Exakt, ein Glaserl davon sollte reichen, aber das lasst uns genießen! Nehmt eine Nase vom Waldbeerenduft – und dann – sehr zum Wohle!«

»Guten Abend, die Damen! Welche Überraschung, ich habe euch im Club vermutet oder in der Weinbar.« Marti schlich im Pyjama die Treppen herunter und flüsterte Rosa zu: »Haben sie euch rausgeschmissen? Oder warum seid ihr sonst hier?«

»Weil ich hier zu Hause bin! Hast du das vergessen?«, antwortete Rosa laut.

»Natürlich nicht. Aber sonst seid ihr immer unterwegs, wenn ihr euch trefft.« Marti wurde sich seiner absurden Frage bewusst. »Ich verzieh mich. Wollte dir nur sagen, dass ich mit Günther essen war.«

»Darüber reden wir morgen.«

»Es gibt nicht viel zu sagen. Günther hat neues Klientel aufgetan.« Marti beugte sich zu Rosa und wurde leiser: »Er veranlagt das Geld der Damen aus dem Gewerbe, das hat er mir versichert. Allein der Reiz, in einschlägigen Etablissements zu sitzen anstatt im Büro, reicht ihm schon als Kick. Ich glaube ihm. So wie der gestrickt ist, macht er lieber Kohle mit den Damen als sonst was! Du kannst Clara sagen, sie kann sich entspannen!«

»Ruf sie selber an. Immerhin hast du mit ihm gesprochen.«

»Okay, okay, okay.« Im Gehen wandte er sich den Freundinnen zu: »Schönen Abend noch, die Damen!«

»Ja, der Wein ist ein Traum. Und was ist dein Traum, Rosa?« Maria nahm den Gesprächsfaden wieder auf, den sie so mühsam entwirrt hatte.

»Das Haus am Vollmondstrand kaufen, das halbe Jahr dort verbringen, bunte Perlen auffädeln in der Sonne und schauen, was sich entwickeln möchte.«

Jetzt war es also draußen.

»Und was ist mit uns?«, schoss es aus Elli heraus.

»Das ist der Schwachpunkt daran, das gebe ich zu. Ich will nicht ohne euch sein. Aber, ihr könnt mich besuchen kommen, wann immer ihr wollt!« Sie nahm einen Schluck Wein und fuhr fort: »Es gibt noch einen Grund, an dem die ganze Geschichte sowieso scheitern wird. Ich habe nicht genug Geld, haha!« Sie verzog das Gesicht zur Maske.

»Daran scheitern allerdings die meisten kühnen Pläne, Schatzerl. Also, mach dir nichts draus!«, tröstete Elli.

Und Maria ergänzte: »Da unten gibt es sowieso keinen reschen Weißen, so wie du ihn magst.«

»Wenn es nicht geht, wie du gedacht hast, musst du eben umdenken.« Elli, die Pragmatische, gab so schnell nicht auf. »Ich meine, was ist der springende Punkt an diesem Traum und worauf würdest du notfalls verzichten? Du könntest in einer Pension wohnen, einen Job annehmen oder sonst was tun!« An Maria gewandt, fuhr sie fort: »Was den Weißen anlangt, kann sie sich mit Spritzerwein eindecken von der Wagner Mitzi, oder?«

»Der springende Punkt ist das Haus! Dort fühl

ich mich wie im Paradies«, antwortete Rosa. »Arbeiten, ja. Allerdings, jobben tu ich sicher nicht. Vielleicht biete ich Seminare an, habe ich mir schon überlegt. Zuerst muss ich aber den Kopf freibekommen!«

»Das klingt durchaus vernünftig. Ich könnte zum Beispiel Malkurse am Meer anbieten.« Maria begann die Idee zu gefallen. »Fein wäre das!«

»Das muss doch zu schaffen sein, irgendwie!« Ellis Kampfgeist war geweckt.

»Was sagt Marti denn zu deinen Plänen?«, fiel ihr plötzlich ein.

Rosa blickte zu Boden. »Der ist, denk ich, nicht begeistert. Zumindest hat er durchblicken lassen, dass er sich nicht festlegen will mit einem Hauskauf. Den müsste ich allein durchziehen.«

»Oder mit uns.« Elli klang betont ruhig. »Überlegt einmal, wenn wir sechs Mädels uns einkaufen, kann jede mindestens zwei Monate im Jahr am Meer verbringen. Wir würden die Monate auslosen und bei zwei Zimmern könnten wir uns auch gegenseitig besuchen. Jede hätte genug Zeit für ihre eigenen Pläne und wir hätten endlich so was wie ein Clubhaus!«

Sie sah, wie die beiden Freundinnen synchron einen Schluck Rotwein nahmen, und fuhr fort: »Was kann das Haus kosten, es sind Freunde, sagst du, keine Makler. Ein Wohnzimmer, zwei Schlafzimmer … Also, ein bisschen Geld habe ich schon liegen. Damit stehe ich sicherlich nicht allein da. Eigentlich wollte ich ein neues Auto kaufen, aber … die Idee vom Haus am Meer gefällt mir. Da hätte ich auch mehr davon! Die Frage ist, *willst* du das überhaupt?«

»Spinnst du?«, schrie Rosa auf. »Das wäre …!« Ihr war heiß geworden und ihre Wangen hatten sich nicht allein vom Wein zu röten begonnen. »Ich habe ein gutes, altes Sparbuch, ihr wisst schon, für Notfälle … Irgendwie ist es ja auch ein Notfall!«

»Einen Grund gibt es allerdings, oder sagen wir, zwei, die dagegen sprechen«, wandte Maria ein. »Ich habe kein Geld auf der hohen Kante, und die Mona wahrscheinlich auch nicht!«

Stille machte sich breit. So als wäre ein Feuerwerk, das soeben in Fahrt gekommen war, plötzlich gelöscht worden. Rosa stellte ihr Glas auf den Tisch zu den beiden anderen. So einfach war es dann doch nicht. Sie nahm ihre Freundinnen an den Händen: »Aber danke, dass ihr mit mir geträumt habt!«

72

Was ist das, überlegte Rosa am nächsten Morgen, als sie eine Bildmitteilung am Computer öffnete. Es soll wohl eine Grußkarte sein, aber ich habe ja nicht Geburtstag!

Ein Elefantenrüssel über zwei Menschen in bunten Gewändern, mit Blumenketten geschmückt, war zu sehen. Darunter der Text: ›Liebe Grüße von unserer spontanen Hochzeit in Goa, Anastasia und Sergej. Namasté!‹

Nasti hat geheiratet!, durchfuhr es Rosa. Das konnte doch gar nicht sein. Woher hatte sie einen Mann und warum wussten Maria und sie nichts davon?

Ich muss sofort Maria anrufen, dachte sie. Da läutete auch schon das Telefon. Es war Clara.

»Hallo, Schwesterherz!«, sie klang beschwingt.

»Grüß dich, na, geht's gut?«

»Ja, alles bestens. Ich wollte mich bei dir bedanken. Ich weiß nicht, wie Marti es angestellt hat, aber Günther ist ganz anders zu mir seit dem Gespräch mit ihm.«

»Ja?« Rosa war tatsächlich überrascht. Zog ihr Partner schon von ihr an, was die Beraterqualitäten betraf, oder hatte sie seine Fähigkeiten bisher falsch eingeschätzt?

»Er hat mir alles erzählt. Von dem Reiz, gerade in einem Bordell seine Risiko-Lebensversicherungen zu verkaufen, und dem schlechten Gewissen, das er dabei hatte. Jetzt ist er geradezu erleichtert und kümmert sich wieder um mich. Es ist wie am Anfang unserer Beziehung!«

»Ein Himmel voller Geigen, na, da gratuliere ich!«, antwortete Rosa. Irgendwie schien sich bei den anderen alles in Wohlgefallen aufzulösen. Günther entpuppte sich als braver Familienversorger und sogar Anastasia hatte es unter die Haube geschafft! Nur bei mir ist kein Happyend in Aussicht, dachte Rosa ein wenig verwirrt. Vielleicht hätte ich heute im Bett bleiben sollen: Marti rannte schon seit Stunden mit seinem inneren Schweinehund um die Wette und ich hatte erst einen Espresso.

Mit dem Handy in der einen und der Kaffeetasse in der anderen Hand schlurfte sie von der Praxis hinauf in die Küche. Schluss für heute, die restlichen Mails beantworte ich morgen. Da läutete erneut das Telefon. Es war Lina, sie wollte vorbeikommen. Fein, dachte Rosa. Die Turteltäubchen, das gibt noch mehr gute Nachrichten!

Sie hatte ihre Tasse noch nicht leer getrunken, da klingelte es auch schon an der Tür.

»Männer sind Schweine!« Lina fiel ihr gleich zur Begrüßung um den Hals. Auweh, Liebeskummer, der erste!, dachte Rosa.

Nachdem sie die junge Patientin am Sofa untergebracht, heiße Schokolade und Ernie-und-Bert-Kekse als Medikation verordnet hatte (und darauf geschaut hatte, dass diese auch eingehalten wurde), zog sich Rosa einen Stuhl hinzu, um das weitere Geschehen zu überwachen. Jetzt einfach da sein, viel mehr konnte sie nicht tun.

»Der Arsch sagt, er hat mich nie geliebt, stell dir das vor, Tante Rosa!« Tante sagte sie höchst selten, es war also eine gewichtige Aussage. »Von einem Tag auf den anderen liebt er mich nicht mehr – und das Ärgste ist, er sagt, er hätte es *nie* getan!« Tränen rannen ihr über das heiße Gesicht, schwer zu sagen, was überwog, Wut oder Enttäuschung.

Rosa stand auf und setzte sich zu Linas Füßen. Von hier aus konnte sie das Mädchen umfangen.

»Ihr seid halt noch recht jung …« begann sie, und während die Worte ihren Mund verließen, wurde ihr die Absurdität dieser Aussage bewusst. Dasselbe war ihr auch schon einmal untergekommen, als durchaus Erwachsene. »Ich meine, ihr seid noch nicht fertig, innerlich!«

Lina heulte ungerührt weiter. Der Typ musste ordentlich verletzt worden sein, dass er mit einem Mal so dichtmachte, dachte Rosa.

»Ach, Scheiße, willkommen im Club! So etwas passiert halt.«

Rosa hatte sich entschlossen, einfach ehrlich zu sein. »Komm her!« Sie schloss Lina in die Arme. Trauer war es nun, eindeutig, das konnte sie fühlen.

»Nie wieder lasse ich mich so verletzen, das schwör ich dir. Mit den Männern bin ich fertig!«, sprach die 15-Jährige und schnäuzte sich lautstark. Einen Moment lang wirkte sie verloren. Sie räusperte sich zweimal und erhob abermals die Stimme: »Der wird noch weinend vor meiner Tür stehen, das sag ich dir, Rosa! Aber dann ist es zu spät!«

»Genau!«, pflichtete Rosa ihr bei.

Das Allerschlimmste schien überstanden.

Das Telefon läutete erneut; ungewöhnlich für einen Sonntagvormittag. Rosa deckte Lina mit einer weichen Decke zu und zog sich in den oberen Stock zurück. Diesmal war es Maria. Sie hatte offenbar dieselbe virtuelle Ansichtskarte von Anastasia erhalten.

»Hast du das gesehen?« Rosa wusste sofort, was sie meinte.

»Ein Wahnsinn, wo hat sie den jetzt her – aus dem Hut gezaubert?«, antwortete sie.

»Das weißt du nicht?« Maria war erstaunt.

»Nein, du etwa?« Rosa war nicht minder überrascht.

»Das ist doch ihre erste große Liebe! Ein russischstämmiger Großgrundbesitzer, der hier auf die Boku gegangen ist; bodenständig und freundlich. Eine Seele von einem Mann, ehrlich!«

»Sagt mir nichts auf die Schnelle!«, antwortete Rosa, während sie überlegte.

»Das Beste, was ihr passieren konnte, glaub ich. Mir hat sie einmal gestanden, dass es ihr unheimlich leidtat, dass sie den Sergej wegen eines Waldorfpädagogen hat sitzen lassen, damals! Ihn hat das schwer getroffen und er ist zurück nach Russland.« Maria kam in Schwung: »Ich freu mich für sie!«

Wenn ich alles geglaubt hätte, aber dass Anastasia jetzt noch glücklich werden würde vor mir, das nicht!, dachte Rosa, nicht frei von Neid. Na ja, man würde sehen …

»Geht sie jetzt nach Russland?«, wollte sie plötzlich wissen. Es klang spitz.

»Rosa, was soll die Frage?« Maria hatte einen strafenden Unterton in ihrer Stimme.

»Na, nur so!«, entschuldigte sich Rosa. Mist! Unter glücklichen Menschen nicht glücklich zu sein, war härter als erwartet. So wollte sie nie werden, hart und missgünstig! Sie musste sich auf der Stelle kaltes Wasser ins Gesicht klatschen.

So also entstanden all die griesgrämigen Charaktere, dachte sie, während sie sich abtrocknete.

Indem sie sich selbst nicht getrauten, ihren Einsatz am Glücksroulette zu wagen.

»Ich muss etwas tun! Ich ... kann doch auch etwas tun!«, hörte sie sich leise sagen. Aber was?

Für ein überstürztes Lostraben, ohne zu wissen wohin, war sie definitiv zu alt. Sie wollte nicht schnell dort sein, im Irgendwo. Sie wusste ja schon, wohin die Lebensreise gehen sollte! Sie wusste nur nicht, wie sie es anstellen sollte. ›Hilf dir selbst, dann hilft dir Gott‹, ein Satz aus ihrer Kindheit kam ihr plötzlich in den Sinn.

Langsam stieg sie die Stufen hinunter. Auf dem Sofa lag Lina, in die Decke eingehüllt, und schlief.

73

»Marti, hast du Zeit? Ich muss mit dir reden!« Mit diesen Worten begrüßte Rosa ihren LAP, als er keuchend und verschwitzt in der Tür stand. Es begann schon zu dämmern und Lina war längst nach Hause, oder wo auch immer hin, verschwunden.

»Darf ich zuvor reinkommen?«, antwortete er und bückte sich, um die Joggingschuhe abzustreifen. »Das ist ja ein Empfang, weißt du was, da geh' ich gleich wieder!«, sprach's und machte kehrt.

Rosa hörte noch die Tür einschnappen und weg war er.

Einer der wenigen Momente, wo Marti sie wirklich sprachlos machen konnte.

Und nun?

Die Katzen wollten noch gefüttert werden, sie schlichen schon zu auffällig um ihre Beine.

Und dann?

Zu Hause bleiben wollte Rosa nun nicht mehr. Sie warf ihren roten Mantel um die Schultern und schnappte Tasche, Schlüssel, Handy … und weg war auch sie.

Draußen nieselte es. Eine Garage war nicht infrage gekommen für den Herrn Architekten, zu spießig! Bald wieder würde er Eis kratzen dürfen, eine echt coole Angelegenheit, dachte Rosa und startete ihr kleines Gefährt. Gegenüber der Neuauflage war das Original wirklich mini! Und die Bodennähe ließ sie manchmal glauben, sie hätte in einer Seifenkiste Platz genommen.

Aber für eine Frau mit zwei Katzen passend, dachte Rosa, als ihr ein Mini-Van entgegenkam. Sie kannte keine kinderlosen Menschen mit solchen Modellen, das war das Vorrecht der Muttis! In Rosas Auto passten notfalls gerade noch zwei Katzenkörbe, wenn sie zur Tierärztin zum Impfen fuhr. Also war es ausreichend!

Der Parkplatz vorm Club war noch fast leer um diese Zeit. Rosa wollte trotzdem hineinschauen. Als sie die Tür aufstieß, sah sie zwei Männer an der Bar sitzen, die ihr den Rücken zukehrten. Passt doch perfekt zu meiner Stimmung, dachte sie.

»Hi, ja, was will ich trinken? Habt ihr den Diabolus auch offen? Nein? Dann nehm ich eine Flasche, ist in Ordnung!« Rosa freute sich auf einen rauchigen Wein mit Mokka-Anklängen und opulenter Frucht. Diabolus, allein der Name passte. Wie konnte Marti einfach wieder weggehen?

»Was hast du heute noch vor, Rosa?«

Sie erkannte die Stimme, aber woher nur? Neugierig drehte sie sich um. »Hi, Chris! Ich hab dich gar nicht kommen sehen.«

»Ich sitze mit meinem Cousin schon seit einer Stunde hier, bei einem Bier.« Und, Chris deutete auf die Weinflasche: »Erwartest du noch jemanden?«

»Um ehrlich zu sein, nein. Ich wollte diesen Wein und den gibt's nicht im Glas.«

Chris ließ sich vorsichtig auf den Hocker neben Rosa nieder. »Dann kann ich mich zu dir setzen?«

»Klar, magst du einen Schluck?«

»Hm«, Chris nickte.

»Und, was probieren wir jetzt?« Chris hielt die leere Flasche in die Luft.

»Das Diabolische braucht einen Ausgleich, würde ich sagen, vielleicht einen Cardinal vom Giefing? Eine stilsichere Cuvée mit dem Duft von Waldboden und Steinpilzen!«, antwortete Rosa, ganz in ihrem Element.

»Du bist die Meisterin!«, antwortete Chris. Schon leicht enthemmt, fuhr er fort: »Weißt du, dass du mir immer schon gefallen hast? Du hast so etwas Geheimnisvolles, finde ich. Und schön bist du sowieso, eine richtige Frau!«

»Ach, Chris!« Rosa spürte den Wein bereits in ihren Kopf steigen, da wurde auch schon der nächste kredenzt. Sie wusste gar nicht, was sie sagen sollte.

»Was sagst du dazu?«, fragte er nach. Jetzt nur kurz überlegen, alles andere wäre peinlich.

»Ich bin schon so lang mit dem Marti zusammen …«, begann sie.

»Genau, und das ist auch der Grund, warum ich dir das bisher nie gesagt habe«, unterbrach sie Chris. »Der Marti ist mein Freund. Wenn ich allerdings wüsste, dass er dich nicht glücklich macht …« Er ließ den Satz offen.

»Was wäre dann?«, fragte Rosa übermütig.

»Dann würde ich dich auf der Stelle küssen!«

»Im Moment bin ich echt nicht glücklich«, murmelte Rosa, mit vom Alkohol gelöster Zunge.

Es folgte das Unvermeidliche, er küsste sie in der Sekunde, wo er den Satz für beendet hielt. Ihre Ergänzung ›… ich weiß aber nicht, ob Marti daran Schuld hat‹, blieb ihr somit im Hals stecken.

»Also, ich würde alles für dich tun!«, säuselte Chris wenig später.

»Auch auswandern?« Nach einer Flasche Wein konnte Rosa nicht mehr zwischen Denken und Sprechen unterscheiden, es war irgendwie eins.

»Ich geh mit dir, wohin du willst, auch bis ans Ende dieser Welt …«, begann Chris zu intonieren. »Kennst du das, Nena heißt die Sängerin, ist jetzt wieder voll in!«

»Mmmhh«, Rosa nickte versonnen. Im Gegensatz zu Junghupfer Chris kannte sie noch das Original.

Wo sollte das hinführen?

74

»Hihi, die chinesische Feuerwehr, hihi«, Rosa kam aus dem Kichern gar nicht mehr heraus. Drei Flaschen Wein waren es geworden. Für zwei Menschen eine ganze Menge. So gern Rosa ein oder zwei Gläser trank, mehr vertrug sie auch nicht. Offensichtlich war sie noch Genießerin und keine Kampftrinkerin.

»Weil die so klein sind und so gelb …« Die Vorstellung, ihr Mini wäre ein Löschfahrzeug, erheiterte sie über die Maßen. Gott sei es gedankt, funktionierte diese Sicherheitsschranke noch: Wenn sie mehr als zwei Gläser getrunken hatte, fuhr sie nicht mehr mit dem Auto. Folglich hatte sie ihr gelbes Gefährt auf dem Parkplatz stehen lassen und ein Taxi gerufen. Und weil Chris in derselben Ecke beheimatet war, war er einfach mit eingestiegen.

»Bussi, Chrissilein! Schlaaaf guuut!«, wandte sie sich an ihn, nachdem das Auto vor ihrem Haus gestoppt hatte.

»Warte, Rosa, ich komm mit!« Schon war Chris ausgestiegen und half ihr aus dem Fahrzeug.

»Hihi, heute Nacht werd ich auch ein Löschfahrzeug brauchen, gegen meinen Durst …«, schätzte

Rosa die Lage nicht unrealistisch ein, als sie zum Haus wankten.

Aufzusperren brauchte Chris dann aber nicht, die Tür stand bereits offen. Dahinter wartete ein Marti in Boxershorts, den einen Arm bis zum Ellenbogen eingebunden.

»Na, ihr habt es ja lustig! Warum habt ihr mich nicht angerufen?«, begrüßte er die beiden, bis er Chris' Hand an Rosas Hüfte sah. Es war nicht allein die Region, die ihn beunruhigte, es war vielmehr die Art und Weise, mit welcher Sicherheit sein Freund die Hand dort geparkt hatte.

»Ich geh dann mal, gute Nacht!« Chris war Martis Blick nicht entgangen. Männer waren in solchen Dingen wachsam. Wahrscheinlich ein Relikt aus der Steinzeit. Rosa stand in der Tür, plötzlich allein mit ihrem LAP, und wusste nicht, was sie sagen sollte.

»Darf ich reinkommen?« Etwas Besseres war ihr in der Schnelligkeit nicht in den Sinn gekommen. Mist, es ist ja mein Haus, dachte sie. Da fiel ihr Blick auf Martis Unterarm.

»Was ist denn mit dir passiert? Hast du dir wehgetan?« Rosas Stimme wurde mit einem Male mütterlich.

»Nein, mir war langweilig, da habe ich mir ein Tattoo gehäkelt!« Marti drehte sich um und ging ins Wohnzimmer.

Eins zu null für ihn, dachte Rosa. Dann eben nicht.

»Ich geh schlafen«, murmelte sie und schleuderte die Schuhe von den Füßen.

»Du bleibst, bitte. Wolltest du nicht heute ganz dringend mit mir reden?«

Martis Miene wurde ernst. »Ich sitze seit vier Stunden hier und warte auf dich!«

»Na, da haben wir ja etwas gemeinsam«, antwortete Rosa. »Ich habe den ganzen Tag gewartet.« Wenn er jetzt mit ›Es ist vier, wo warst du?‹ anfängt, lasse ich mich scheiden, dachte Rosa grimmig. Allerdings hätte sie da verheiratet sein müssen, Mist aber auch!

»Lass uns schlafen gehen, komm …« Marti begann, sein Reservoir an nüchternen Gehirnzellen auszuschöpfen. Das konnte der Situation nur guttun! Er stützte Rosa unterm Arm.

»Vorher musst du mir aber sagen, warum du mit mir nicht reden wolltest und – abgehauen bist? Sonst kann ich nämlich nicht schlafen!« Ihre Stimme war wieder sanft geworden.

»Weil ich im Wald ausgerutscht bin. Das Laub war feucht durch den Regen … und ich hab mir die Hand verdreht. Es hat angefangen, höllisch zu schmerzen, als ich weitergelaufen bin, deshalb hab ich einen Umweg genommen zum Schorsch, um ihn rauszuläuten. Der hatte aber sowieso Wochenenddienst. Er hat sich die Hand angeschaut und sie versorgt. Dann hat mich seine Frau zum Essen eingeladen, es war gerade Mittagszeit, und ich bin kleben geblieben. Der Schorsch wollte mich heimbringen, aber ich wollte lieber laufen. Ich bin also losgestartet, dass ich noch da bin, bevor es finster wird …, und dann warst du angefressen, weil ich so spät komme …«

»Aber das stimmt doch gar nicht!« Rosa fühlte sich schon etwas nüchterner.

»Was war dann los mit dir?« Marti nahm ein Bier aus dem Kühlschrank.

»Willst du auch was?«, fragte er Rosa. »Ja, einen Eimer Wasser, bitte!«

»Und warum säufst du dich dann an?« Er nahm einen Schluck aus der Flasche. »Mit Chris, diesem Weiberhelden?«

»Langsam, der Reihe nach«, Rosa wusste nicht, wo sie beginnen sollte. Sie hockte sich auf die Arbeitsplatte in der Küche und blies die Luft aus den Wangen: »Pfffthhhh.«

»Weißt du noch, was ich dir erzählt hab, nach dem Sommer? Dass ich etwas ändern will …, weil ich rausgewachsen bin aus meinen Aufgaben … hier?«

Marti blickte sie aus erstaunten Augen an. »Ja, aber …«

»Ich muss hier raus! Wenn ich wüsste wie, ich

würde das Haus von der Pixie kaufen und ein halbes Jahr auf der Insel leben. Einfach schauen, was passiert, wenn ich das Hamsterrad verlasse!« Und nach einer kurzen Atempause fuhr sie fort: »Ich hab dir das erzählt, Marti, aber dir war das egal!«

»Mensch, das ist dir *so* wichtig? Das hab ich echt verpennt, tut mir leid.«

Irgendetwas in Martis Stimme klang erleichtert. Nahm er sie nicht ernst?

»Ja, das ist mir *so* wichtig. Das kannst du dir nicht vorstellen, deshalb ist es dir egal. *Du* hast ja alles, was du brauchst, lebst wie ein Hund im Simperl. Was *ich* mir vorstelle vom Leben, weißt du das?«

»Weißt du es denn?« Marti antwortete mit einer Gegenfrage.

»Ich kenne nicht das Ziel, aber ich weiß den nächsten Schritt!«, Rosa sprach mit einer Entschlossenheit, die sie selbst überraschte.

»Meine Freundinnen, weißt du, wie *sie* darauf reagiert haben? Nein? Sie haben sich Gedanken gemacht, Elli hat ein Konzept erstellt, wie wir es schaffen könnten, das Haus gemeinsam zu übernehmen. Jede hätte für zwei Monate im Jahr das Haus für sich; einen Monat im Winter und einen im Sommer. Wir würden eine Gesellschaft gründen und hätten dann ein Clubhaus … Das haben *sie* getan!«

»Und, warum wird's dann nichts?« Marti ließ sich auf die Geschichte ein.

»Weil, Scheiße noch mal, alle das Geld hätten, nur Mona und Maria nicht. *Du* hättest es ja, aber *dich* frage ich lieber gar nicht!«

»Das ist aber ein Fehler! Dein leidiger Stolz, was?« Er strich ihr zaghaft durchs Haar. Zögerlich begann er erneut: »Ich hab geglaubt, du willst mich nicht mehr. Bei der Begrüßung heute hab ich Angst gehabt, na ja, du würdest mir *das* sagen wollen.«

»Du bist ein Uno, ein Trottel! Wie kommst du darauf?«

»Du warst so verändert in der letzten Zeit. Einmal abwesend, dann wieder bemüht, dann die Geschichte mit dem Kind … So kenn ich dich nicht. Ich hab das Gefühl gehabt, es platzt gleich eine Bombe!«

»Tja …«

»Darf ich dich besuchen kommen auf der Insel oder wird das deine Enklave?«

»Ich gehe nicht in Einzelhaft – natürlich *könntest* du!« Rosa hatte sich die Treppen hinaufgeschleppt und warf sich, so wie sie war, aufs Bett.

»Die Betonung liegt am Konjunktiv, leider«, ergänzte sie noch. Dann schlief sie ein.

75

»Oh Gott, was ist heute für ein Tag?« Rosa tastete nach dem Wecker, der unerbittlich vor sich hin plärrte.

»Montag, Schatz! Du musst aufstehen!«, antwortete Marti matt.

Rosa ließ sich zurück ins warme Bett fallen. Draußen war es finster. Finster, regnerisch und kalt, dachte sie. Auf der Insel würden bald die Mandelbäume blühen!

Allein für diesen Gedanken lohnte es sich aufzustehen. Die Hoffnung starb bekanntlich zuletzt.

Rosa zog ihren Morgenmantel über und schlurfte in die Küche. Nicht mal die Bubbas waren auf! Die beiden Katzen drückten fest die Augen zu, als sie im Wohnzimmerteil des Hauses Licht machte. Sie waren noch zu müde zum Schnurren.

Rosa schaltete wie automatisiert die Espressomaschine und danach ihr Handy ein. Wenn jemand anrufen würde, würde sie noch nicht rangehen, aber sie war neugierig. Gestern Abend, zu späterer Stunde, hatte sie da nicht ein Läuten registriert?

Piep piep piep piep,
piep piep piep piep.

Also doch, ein Anruf und eine Nachricht. Sie wählte die Boxnummer und Klausis Stimme erklang.

»Nein, das gibt's nicht! Endlich, bin ich froh!« Rosas Lebensgeister waren hellwach. Endlich konnten sie die Party für Mona ausrichten, mit einem Mal sollte der ganze Scheidungsirrsinn vorbei sein.

Jetzt brauchen wir nur noch eine Torte im Riesenformat und die passende Musik, dachte sie.

Endlich gab es gute Nachrichten!

76

»Sie kommt, schnell! Alle auf die Plätze! Marti, Chris und Hubi, du fängst an!« Bibi hatte in der Tür zum Club gewartet und gab nun den erlösenden Einsatz. Hubi startete mit einigen Gitarrenriffs und schon fingen alle zu singen an:

»Ja, Mona, zum Abschied sag ihm nun goodbye.
Ja, Mona, die Scheidung ist endlich vorbei!

Freu dich und frag nicht.
Denn alles Gute ist nun bei dir …

Ja, Mona, darauf trinken wir!«

Mona stand wie angewurzelt in der Tür. Damit hatte sie nun nicht gerechnet.

»Ich soll Klausi den Schlüssel bringen …«, stammelte sie sichtlich überfordert.

»Ja, Schatzi, wie hätten wir dich sonst hergekriegt?«, lachte Maria, und Bibi fiel ihr um den Hals. Sie nahm ihre Hand und strahlte sie an. »Ich gratuliere dir!«

Jana drückte der Freundin ein Glas Sekt in die Hand.

»Extratrockener Muskat, den magst du doch so gern!«, kommentierte Rosa. Langsam bekam Mona wieder rote Wangen. Sie sah in die Runde. Alle ihre Freunde waren hier und offenbar war dieses Fest für sie.

»Wo ist die Elli? Und der Klausi, wo ist der? Der braucht doch den Schlüssel …«, fiel Mona plötzlich wieder ein. Sie war noch nicht so weit.

»Einsatz, Burschen!«, rief Bibi erneut.

Die Tür zur Küche ging auf und Elli war zu sehen, die ein Gebilde in Form eines Berges hereinzuschieben begann. Ihrer Anstrengung nach zu urteilen, schien es schwer zu sein.

Hubi begann wieder zu spielen und alle Anwesenden stimmten ein.

»Ja, Mona, denk' jeden Tag einmal daran.
Ja, Mona, dass einmal vergeht, was dumm begann.

Nach sieben Jahren steht nun Klausi mit Blumen vor der Tür.
Ja, Mona, das Glück bleibt bei dir!«

Elli hatte bei ›denk jeden Tag daran‹ die Decke weggezogen und ein Riesengebirge wurde sichtbar. Exakt bei ›sieben Jahren‹ sprang ein Klausi in Lederhosen und Gamsbartkappel aus der Kiste, in der Hand drei Edelweiß!

Jana hatte ihm zuvor rote Wangen und Sternderlaugen gemalt. Er sah aus wie ein schwuler Modeschöpfer in Tracht.

Mona, die Arme, konnte jetzt wirklich nicht mehr. Die Anspannung der letzten Monate schien sich in einen Lachkrampf zu verwandeln.

»Ich kann nicht mehr, ich kann nicht mehr …«, lachte und weinte sie zugleich.

»Ihr seid irre, Leute!« Und Klausi fiel sie um den Hals: »Danke, dass du so lange Jahre gewartet hast!«

Die Magnumflasche machte die Runde und zusammen stießen sie auf das neue Glück an. Es sollte noch ein langer Abend werden.

77

Schön war es gestern, dachte Rosa, als sie im Morgenmantel beim Frühstückstisch saß. Und schön, dass ich mir heute freigehalten habe. Es geht doch!

Sie schlürfte ihren zweiten Espresso, die Bubbas waren schon auf und putzten sich synchron die Ohren. Marti war Zeitung und Gebäck holen. Er hatte sich zumindest für den Vormittag abkömmlich gemacht.

»Morgen, Schatz«, begrüßte er sie.

»Morgen, mein Schotzl«, sie küsste ihn auf den Mund. Er nahm ihr gegenüber Platz, sein Kaffee stand schon bereit. »Was möchtest du? Schokocroissant oder Briochekipferl?«, fragte er, die Antwort vorausahnend.

»Schokocroissant, mein Liebling!«

»Und welche Zeitung? Den Standard?« Er schob ihr die färbige Zeitschrift über den Tisch.

»Ich muss noch schnell wohin.« Mit diesen Worten verschwand Rosa in die Nasszelle.

Marti saß einfach da, die Zeitung blieb liegen. Es dauerte nicht lang und Rosa war wieder zurück. Sie hatte sich frisch gemacht. Zielsicher steuerte sie auf

Marti zu und ließ sich auf dessen Schoß nieder. Da war sie schon lang nicht mehr gesessen.

»Schön war es gestern, stimmt's?« Marti küsste sie behutsam.

Ein zufriedenes »Mmmhh« kam zurück.

»Weißt du, was heute in der Zeitung steht?« Marti war eben wieder aufgewacht.

»Nein, was?«, fragte Rosa zurück. Sie band gerade den Gürtel ihres Morgenmantels um die Taille. »Willst du auch ein Glas Wasser?«

»Ja, bitte, und nimm die Zeitung mit!«, rief Marti ihr hinterher.

Rosa kam zurück mit zwei Gläsern Mineralwasser, die Zeitung unter den Arm geklemmt. Sie schlüpfte noch mal zurück ins Bett. Ganz gemütlich. Sogar die Lesebrille lag auf ihrem Platz. Sie nahm die Zeitung und schlug sie auf. Ein weißer Zettel fiel heraus. Immer diese Werbung, dachte sie.

»Was meinst du, ist so interessant? Ich kann es nicht finden!«, fragte sie Marti nach einer Weile und schlug die Zeitung wieder zusammen. Ordentlich, wie sie war, packte sie auch den weißen Werbezettel dazu. »Was ist das denn?« Sie hielt plötzlich inne. Seltsame Dinge standen da. Sie begann zu lesen, erst zaghaft, dann immer schneller: »Contract de … ›Can Amistad‹ … Mona Mittermeier …

Birgit Schneeweiss … Jana Holeschovsky … Eleonora Tichy … Rosa Talbot … und Marti …? Was soll das denn sein, Marti?« In ihren Augen funkelte es. Sie hielt ihm den Notariatsakt unter die Augen. »Was heißt ›Can Amistad‹?«

»Es heißt ›Haus der Freundschaft‹, antwortete er, »nur eben auf Spanisch!«

Epilog

»Ihre Eigentherapie wollen Sie wirklich beenden, Frau Talbot?«

»Nun ja, zehn Jahre scheinen mir ausreichend für eine ganz normale Kindheit, was meinen Sie?«

»Schade, dass Sie nicht den Sprung zur Therapeutin unternehmen wollen.«

Rosa setzte sich gerade auf. Schade für wen, für mich? Ich will ein ganz normales Leben führen, ohne im Alter sagen zu müssen: Ich habe so vielen Menschen helfen können, nur für Freunde, Familie, eigene Träume hatte ich keine Energie mehr.

»Darf man nach erfolgreicher Eigentherapie sagen: Ich bin jetzt fit und – mache etwas anderes? Oder ist das zu ... *ehrlich*? Wie viele Menschen helfen berufsmäßig, weil sie nichts anderes gelernt haben, der Kredit für die Praxisausstattung offen ist oder sie keine Energie mehr für einen Wechsel aufbringen können?«

»Sie haben keine Angst, Tabus anzusprechen, so kenne ich Sie, Frau Talbot. Aber es ist ein Beruf wie jeder andere.«

»Nur, dass die meisten in meinem Alter anfangen, sich mit Themen zu beschäftigen, die ich nicht mehr hören kann!«

»Tja …«

»Oder die Heerschar an Menschen, die helfen müssen, weil eben *sie* es müssen. Wer hilft da wem?«

»Ich versteh schon, aber …«

Die Eibel kam ins Stocken. Es schien, als ringe sie mit sich. Schließlich fuhr sie fort: »Wenn ich ehrlich bin, finden diese Überlegungen auch keinen Raum in der vorgeschriebenen Ausbildung …«

»Und wenn man diesen Marathon an Aus-, Weiter- und Fortbildungen durchlaufen hat, muss man da nicht sagen ›*gut* war's, und *gut* ist es‹ – einfach, um diese Mühen irgendwie rechtfertigen zu können?«

»Sie spielen auf die Untersuchungen an, den Aufwand und die Bewertung des Erreichten betreffend …?«

»Genau diese Geschichte mein ich. Wenn es uns viel abverlangt, nicht nur finanziell, auch gefühlsmäßig, und uns Zeit kostet, die wir mit Kindern, Liebhabern oder einem guten Essen verbringen könnten, dann muss es sich ja gelohnt haben, sonst …«

»Ja …?«

»Sonst müsste ich sagen: Schade um das, was ich *nicht* machen konnte, die Chancen, die ich *nicht* ergriffen habe … Da fehlt es mir, Gott sei es gedankt, am nötigen Masochismus, das noch weiter voranzutreiben … Und, na ja, ich verstehe schon, dass Sie Ihren Berufsstand verteidigen!«

»Tue ich das in Ihren Augen?« Die Eibel rückte ihre Brille zurecht und hielt für einen Moment inne. »Ich frage mich nur, was werden Sie jetzt tun?«

»Ich gehe zu Fuß, ich meine ... ›Wenn du bemerkst, dass das Pferd, das du reitest, tot ist, steig ab‹.« Rosas Augen blitzten. »Kennen Sie das Sprichwort?«

»Nein, aber Sie haben es gut formuliert, ich gratuliere Ihnen!« Die Eibel war aufgestanden und streckte Rosa lächelnd die Hand zum Abschied entgegen. Die 50 Minuten waren vorüber.

Rosa ergriff die Hand und hielt inne. »Ja, eins noch«, die Eibel sah sie mit fragendem Blick an, »bevor ich's vergesse.« Rosa ließ ihren Gedanken in aller Bedächtigkeit Gestalt annehmen: »Ich gehe erst mal woanders hin.«

Jetzt war es draußen, endlich.

ENDE

Weitere Romane finden Sie auf den folgenden Seiten und im Internet: www.gmeiner-verlag.de

CHRISTINE RATH

Butterblumenträume

420 Seiten, Paperback.
ISBN 978-3-8392-1273-8.

WENDEPUNKTE Maja Winter lebt mit ihrer Tochter in Überlingen am Bodensee. Sie ist mit Erben eines großen Weingutes liiert und beruflich erfolgreich. Alles läuft in geordneten Bahnen, doch wirklich glücklich ist sie nicht. Eines Tages entdeckt sie ein malerisches Haus am See und träumt davon, dort ein kleines Café zu eröffnen. Ihre neue Freundin, die alte und lebenskluge Nachbarin Frieda, ermuntert sie, ihren Traum zu verwirklichen. Als Maja schließlich ihren Job verliert und sich in den Gärtner des Hauses verliebt, wird ihr ganzes Leben auf den Kopf gestellt und sie steht vor der schwersten Entscheidung ihres Lebens …

ULRIKE KRONECK

Das Frauenkomplott

371 Seiten, Paperback.
ISBN 978-3-8392-1270-7.

RACHE IST SÜSS Die Berliner Kunsthistorikerin Karoline Brauer und ihre frisch geschiedene Cousine Ruth verbindet eine tiefe Freundschaft. Während sich jedoch Karoline auf ihrer Suche nach dem »richtigen« Mann ständig selbst im Wege steht, ist Ruth ihren langweiligen Ehemann endlich los. Als nach der Scheidung deutlich wird, dass Ruth keinen Cent von dem gemeinsam erwirtschafteten Vermögen sehen wird, gehen die beiden Freundinnen gemeinsam mit ihrer Bekannten Mari, die in Beziehungsdingen ihre ganz eigene Kosten-Nutzen-Rechnung durchzusetzen weiß, zum Angriff über …

GMEINER

Wir machen's spannend

JULIANE KOBJOLKE

Tausche Brautschuh gegen Flossen

276 Seiten, Paperback.
ISBN 978-3-8392-1272-1.

INS NETZ GEGANGEN Lena Scholl ist 25, frisch verheiratet und dennoch viel zu oft allein: Ihr Mann Lukas ist Zeitsoldat und nicht selten für Wochen unterwegs. Auch der neu begonnene Job enttäuscht sie und keine ihrer der Freundinnen steht mit einer Schulter zum Ausweinen zur Verfügung. Lena flüchtet sich ins Internet, wo sie Christoph kennenlernt, der als Tauchlehrer auf Teneriffa arbeitet. Als ihr bewusst wird, dass sie beide beginnen, mehr füreinander zu empfinden, zieht Lena sich zurück, kann aber Christoph nicht vergessen. Dann erfährt Lukas von ihrer neuen Bekanntschaft und das Chaos ist perfekt …

GABRIELE DIECHLER

Vom Himmel das Helle

282 Seiten, Paperback.
ISBN 978-3-8392-1271-4.

HIMMELSSTÜRME Lea Einsiedel, Ende 40, arbeitet als Notfallpsychologin für die Mordkommission. Eines Tages hört sie eine männliche Stimme. Sie gehört zu Mark, einem Toten, der ohne Körper lebt und sich in Lea verliebt hat. Anfangs glaubt sie, sie sei überarbeitet und fantasiere. Doch als sie am nächsten Tag von ihrem Kollegen zu einem Mordfall gerufen wird, den ihr Mark angekündigt hat, muss sie sich der Wahrheit stellen. Am Tatort trifft sie auf ihre ehemalige Schulkameradin Almut, deren Mann erschossen wurde. Mit Marks Hilfe kommt sie einem grausigen Geheimnis auf die Spur …

GMEINER

Wir machen's spannend

KAROLIN PARK

Stilettoholic

255 Seiten, Paperback.
ISBN 978-3-8392-1209-7.

MODELS, MORD UND MANOLOS Sophie Schwarz ist am Ziel ihrer Träume. Das Wiener Model hat den Sprung auf das Titelblatt der Vogue geschafft und steht kurz vor der Unterzeichnung eines Vier-Millionen-Dollar-Vertrags. Ihr Höhenflug nimmt ein jähes Ende, als der berühmte Modefotograf Philipp Margold in dem noblen Wiener Stundenhotel »Orient« tot aufgefunden wird und Sophie unter Mordverdacht gerät. Es scheint das Aus ihrer Karriere. Wäre da nicht ihre Freundin Elli Weitzman, Stilettoholic mit Fashion-Faible und untrüglichem Spürsinn …

CHRISTINE SYLVESTER

Sachsen-Sushi

228 Seiten, Paperback.
ISBN 978-3-8392-1208-0.

KARRIEREKNICK Werbeprofi Ella kann einfach alles, nur nicht mit Menschen umgehen. Das konnte man an keiner Eliteuni dieser Welt studieren. Und nun verschlägt es sie ausgerechnet nach Dresden. Eine Stadt, die sie so gar nicht mag. Dann erfährt sie auch noch, dass ihr neuer Arbeitgeber, die Werbeagentur »Sack & Sohn«, kurz vor der Insolvenz steht. Ellas einziger Lichtblick: Der geheimnisvolle Retter, der ihr bei einem nächtlichen Überfall zu Hilfe kommt und dann spurlos verschwindet. Doch leider ist der genauso schwer zu finden wie eine rettende Idee für die Agentur.

GMEINER

Wir machen's spannend

SILKE PORATH

Nicht ohne meinen Mops

276 Seiten, Paperback.
ISBN 978-3-8392-1207-3.

WARMMIETE Tanja hat ihre Traumwohnung in Stuttgart gefunden: Altbau, drei Zimmer, beste Lage. Der Haken ist nur: Allein kann sie sich die Wohnung niemals leisten. So ruft sie kurzerhand ein Mitbewohner-Casting aus. Und entscheidet sich schließlich für Chris, der im Callcenter arbeitet, und Rolf, einen Postboten, der samt seinem Mops »Earl of Cockwood« einzieht. Tanja ist hin und weg von diesen Prachtkerlen. Klar, dass sie als Letzte bemerkt, dass Rolf und Chris ein Paar werden. Der Katzenjammer ist groß – erst recht, als Marc, Tanjas Ex, mit seiner schwangeren Freundin vor ihr steht. Tanja, die Jungs und der Mops schwören Rache …

TAMARA WERNLI

Blind Date mit Folgen

326 Seiten, Paperback.
ISBN 978-3-8392-1203-5.

IM DUNKELN An einem Sonntagnachmittag beschließt die erfolgreiche Zürcher Kolumnistin Maira Fabien ihr Single-Leben zu beenden und meldet sich in einem Flirt-Chat an. In der virtuellen Welt kommt sie einem Fremden, der sich FEUER33 nennt, näher. Die beiden verabreden sich zu einem Blind Date im Münchner Hotel Le Grand. Sie beschließen, sich direkt auf dem Zimmer zu treffen und den Raum vorher völlig abzudunkeln. In totaler Finsternis knistert es zwischen zwei Fremden, die in keiner Weise ahnen, dass sie eine gemeinsame Vergangenheit verbindet …

GMEINER

Wir machen's spannend

Alle Gmeiner-Autoren und ihre Romane auf einen Blick

GARDENER, EVA B.: Lebenshunger **GEISLER, KURT**: Friesenschnee • Bädersterben **GERWIEN, MICHAEL**: Isarbrodeln • Alpengrollen **GIBERT, MATTHIAS P.**: Menschenopfer • Zeitbombe • Rechtsdruck • Schmuddelkinder • Bullenhitze • Eiszeit • Zirkusluft • Kammerflimmern • Nervenflattern **GOLDAMMER, FRANK**: Abstauber **GÖRLICH,HARALD**: Kellerkind und Kaiserkrone **GORA, AXEL**: Die Versuchung des Elias • Das Duell der Astronomen **GRAF, EDI**: Bombenspiel • Leopardenjagd • Elefantengold • Löwenriss • Nashornfieber **GUDE, CHRISTIAN**: Kontrollverlust • Homunculus • Binärcode • Mosquito **HÄHNER, MARGIT**: Spielball der Götter **HAENNI, STEFAN**: Scherbenhaufen • Brahmsrösi • Narrentod **HAUG, GUNTER**: Gössenjagd • Hüttenzauber • Tauberschwarz • Höllenfahrt • Sturmwarnung • Riffhaie • Tiefenrausch **HEIM, UTA-MARIA**: Feierabend • Totenkuss • Wespennest • Das Rattenprinzip • Totschweigen • Dreckskind **HENSCHEL, REGINE C.**: Fünf sind keiner zu viel **HERELD, PETER**: Die Braut des Silberfinders • Das Geheimnis des Goldmachers **HOHLFELD, KERSTIN**: Glückskekssommer **HUNOLD-REIME, SIGRID**: Die Pension am Deich • Janssenhaus • Schattenmorellen • Frühstückspension **IMBSWEILER, MARCUS**: Schlossblick • Die Erstürmung des Himmels • Butenschön • Altstadtfest • Schlussakt • Bergfriedhof **JOSWIG, VOLKMAR / MELLE, HENNING VON**: Stahlhart **KARNANI, FRITJOF**: Notlandung • Turnaround • Takeover **KAST-RIEDLINGER, ANNETTE**: Liebling, ich kann auch anders **KEISER, GABRIELE**: Engelskraut • Gartenschläfer • Apollofalter **KEISER, GABRIELE / POLIFKA, WOLFGANG**: Puppenjäger **KELLER, STEFAN**: Totenkarneval • Kölner Kreuzigung **KINSKOFER, LOTTE / BAHR, ANKE**: Hermann für Frau Mann **KLAUSNER, UWE**: Engel der Rache •Kennedy-Syndrom • Bernstein-Connection • Die Bräute des Satans • Odessa-Komplott • Pilger des Zorns • Walhalla-Code • Die Kiliansverschwörung • Die Pforten der Hölle **KLEWE, SABINE**: Die schwarzseidene Dame • Blutsonne • Wintermärchen • Kinderspiel • Schattenriss **KLIKOVITS, PETRA M.**: Vollmondstrand **KLUGMANN, NORBERT**: Die Adler von Lübeck • Die Tochter des Salzhändlers • Schlüsselgewalt • Rebenblut **KOBJOLKE, JULIANE**: Tausche Brautschuh gegen Flossen **KÖSTERING, BERND**: Goetheglut • Goetheruh **KOHL, ERWIN**: Flatline • Grabtanz • Zugzwang **KOPPITZ, RAINER C.**: Machtrausch **KRAMER, VERONIKA**: Todesgeheimnis • Rachesommer **KREUZER, FRANZ**: Waldsterben **KRONECK, ULRIKE**: Das Frauenkomplott **KRONENBERG, SUSANNE**: Kunstgriff • Rheingrund • Weinrache • Kultopfer • Flammenpferd **KRUG, MICHAEL**: Bahnhofsmission **KRUSE, MARGIT**: Eisaugen **KURELLA, FRANK**: Der Kodex des Bösen • Das Pergament des Todes **LADNAR, ULRIKE**: Wiener Herzblut **LASCAUX, PAUL**: Mordswein • Gnadenbrot • Feuerwasser • Wursthimmel • Salztränen **LEBEK, HANS**: Todesschläger **LEHMKUHL, KURT**: Kardinalspoker • Dreiländermord • Nürburghölle • Raffgier **LEIMBACH, ALIDA**: Wintergruft **LEIX, BERND**: Fächergrün • Fächertraum • Waldstadt • Hackschnitzel • Zuckerblut • Bucheckern **LETSCHE, JULIAN**: Auf der Walz **LICHT, EMILIA**: Hotel Blaues Wunder **LIEBSCH, SONJA / MESTROVIC, NIVES**: Muttertier @n Rabenmutter **LIFKA, RICHARD**: Sonnenkönig **LOIBELSBERGER, GERHARD**: Mord und Brand • Reigen des Todes • Die

GMEINER

Wir machen's spannend